姥爷，我们天上见

蒋雯丽 著

天津出版传媒集团

天津人民出版社

序

童年像一个梦。

看着阳光的影子从屋子的这边走到那边，听着树叶婆娑的声响，看着雨水从屋檐倾泻如注。时间就这样悄悄地溜走了，还觉得时间走得好慢，恨不得让自己插上翅膀飞着长大。

小时候的好多声音，现在都听不到了。每几分钟就会有一趟火车从我家的窗后过去，震得窗户哗哗作响。磨剪子的、弹棉花的、要饭的、卖米酒的吆喝声，知了和蛐蛐的叫声。其实能把这些声音收集起来，已经很让现在的孩子羡慕了，因为现在打开窗户，除了汽车声，就是装修声。

我要写的是一个真实的故事。

姥爷和我，一个九十岁，一个十岁，在二十世纪七十年代末，那个风雨飘摇的年代，他扶持我长大，我陪他走完人生的路。一个生命像小树一样长高，长壮实；一个生命却像一棵老树一样，慢慢地倒下了，无声无息。

我现在也做了母亲，看着孩子在身边睡着，那天使一般的面容，心里对他涌起无限的爱。有时会想，姥爷看我，也是这样的心情吧。我想把这种爱、这种生命传承的爱写出来。

　　那时，时间对所有的人都是静止的。

　　现在，时间对所有的人都是如梭的。

目 录

1

听说

我们无从知晓，
生命最初的那些日子，
唯有听说。

妈妈、姥爷和舅舅

穿军装的姥爷

妈妈

三姐妹

二姐

我

听妈妈说

听妈妈说，要是依爸爸的意思，就要一个孩子。

理由是：他和妈妈都是独子，自己远在新疆，老人全靠妈妈照顾，经济也不富裕，多张嘴养活不起。

老二是妈妈舍不得，硬留下来的。

到了我，连妈妈都准备不要了。

当然，这其中也有个很重要的原因：妈妈觉得这次又是个女孩。

在那个提倡多生孩子光荣的年代，想随便扼杀一个生命，是不被允许的！必须夫妻双方及各自的单位领导签字盖章，才能做人工流产手术。

爸爸当时远在新疆，支援西北建设。一封要求流产的申请信，从安徽寄到新疆，得半个月；找单位签字、盖章，差不多又要半个月；再寄回安徽，将近两个月就过去了。我在妈妈的肚子里也就已经三个月了，再想把我弄走，可不容易啊。

妈妈这么屈指一算，做了个英明的决定：这孩子留下吧！

当然，我想在妈妈的心里，还有一个真正不忍把我割舍的原因。

一九五四年，十九岁的她跟爸爸初恋，两年后爸爸去了新疆，当时已有十二年。其间，结婚生子，都是爸爸利用一年一次的探亲假，坐三天四夜的硬座来，再坐四天三夜的硬座回去。

妈妈只去过让她魂牵梦萦的新疆一次，就是有了我的这次！

妈妈记得，下火车时，她的脚肿得像个馒头，把皮鞋的带子都挣断了。在火车站，看到那么多平时只在画儿上见过的、穿着民族服装的维吾尔族人，她问爸爸：

"怎么有那么多演员呢？"

妈妈记得，在那荒凉而寂寞的戈壁滩里，有一群像爸爸一样年轻而有梦想的青年，在新中国的感召下，想让铁路穿过沙漠，把沙漠变成绿洲。他们没有米，没有面，只有土豆。为了招待远道而来的妈妈，还特意给妈妈做了白高粱米，结果把她的牙硌掉了一颗。

妈妈还记得，因为从遥远的安徽来了个美女，小伙子们都纷纷找各种理由来看她一眼。尽管她已经是别人的妻子，两个孩子的母亲。

那是妈妈跟爸爸的甜蜜回忆，她怎么舍得把我割舍掉。

生我的那天，妈妈自己到医院，在医院门口的小卖部买了两根油条、一碗豆浆。

时至今日，她都觉得生孩子是女人自己的事，男人不在身边是理所当然的。

刚吃完一根油条，妈妈突然觉得要生了，赶紧一口把碗里的豆浆喝了，拿着另一根油条，向医院跑去。

妈妈只看了一眼我黑缎子一样的头发，就因为妊娠高血压休克了，并从此落下了血压高的毛病。

也就是在那天，已经八十岁高龄的姥爷有了他的第三个外孙女——我。

听大姐说

听大姐说，在她四岁的时候，有一天，姥爷告诉她："你又有个小妹妹了。"

大姐被姥爷牵着手，姥爷提着一篮子馓子和鸡蛋，他们来到铁路职工医院，看到了婴儿床里的我。

大姐说，摇篮里的我头发油亮乌黑，她一下子就喜欢上了这个新妹妹，忍不住想伸手去摸一摸。

她趴在小床边问妈妈："妹妹叫什么名字？"

妈妈说："你给她起个名字吧。"

大姐想了想说："就叫她小妹吧。"

就这样，我被"小妹小妹"地叫了一段时间。

大姐叫安第，二姐叫全第，名字是爷爷起的。

爷爷的心思，全体现在名字上了。

快生我之前，妈妈怕爷爷再次失望，就提前打了个招呼，说这

次肯定还是个女孩,咱就别再叫什么"弟"了,免得街坊邻居们笑话。爷爷立马义正词严道:

"我们不是弟弟的'弟',我们是书香门第的'第'。"

不过这次,爷爷真没再叫我"×第",而是给我取了个女孩的名字:

文丽——文静又美丽。

依爷爷的学识,是一定可以想出更"书香门第"一些的名字的,估计是没有了心气。并由此给大姐二姐也取了学名:文娟、文媛。

生了三个女儿、没生下儿子的妈妈,自然不得公婆欢心,加上作为姥爷的独女,妈妈从小是被姥爷捧在手心里长大的,家务事不太会做。旧时代熬过来的婆婆,对这样的媳妇,哪里会有好脸色。

而妈妈是新中国第一批参加工作的女性,经济独立,和传统家庭妇女最大的区别,就是不愿意再受婆婆的气。

妈妈生了我之后,借口姥爷年纪大了,需要人照顾,便理直气壮地搬回姥爷家去住了。

我就这样被妈妈带到了姥爷的身边。

听姥爷说

我的姥爷一八八六年生于江苏省铜山县（今徐州市铜山区）。清末民初，津浦铁路（即今天的京沪铁路线）通车后，姥爷作为火车司机，跟着工业革命的新兴产物——火车，来到了因为铺设津浦铁路而建的城市——蚌埠。

姥爷有四个孩子，三女一子，妈妈是最小的一个。那个时候的结核病，比今天的癌症还要可怕，只要得了，必死无疑。妈妈前面的哥哥姐姐都先后死于结核病，大姐去世时十七岁，哥哥才十六岁。

儿子，在中国人的心目中，自古以来就是传宗接代的象征。

没有儿子，姓氏就传不下去，因为孩子都跟爸爸姓。在没有退休养老和社会保障制度的旧中国，儿子就是养老金——养儿防老。

中国人把没有儿子叫"断了香火"，最恶毒的诅咒叫"断子绝孙"。

姥爷在五十多岁时没了儿子，真是遇到了人生最大的悲哀——中年丧子。从不抽烟的姥爷，因为女儿的去世开始抽烟。到了儿子去世后，他开始抽大烟。心里的痛，只有在那一刻才能得到缓解。

姥爷每天到儿子的坟上去哭，难过得都不想活了；可是回到家里，看到四个孩子里唯一留下来的只有六七岁大的我的妈妈，他又不得不活下去。

我没见过姥姥。听说是因为她唯一的儿子生病时，她盼望他早点儿康复而多给他服了两片德国的阿司匹林，加速了儿子的死亡，此后被伤心欲绝的姥爷赶出了家门。这是妈妈最不愿意提的事，也使妈妈经常感叹：女人啊，不能依靠男人，要自强自立。

姥爷年轻时就爱养鱼养花，我们家也因此得一美誉：唐家花园。

据说舅舅在世时，曾被土匪绑票，土匪以为有花园的人家一定很有钱。不承想姥爷还真没钱，挣的工资，除了吃，全都用在买花上了。姥爷人缘好，平时对人慷慨大方，遇难时大家都来帮忙。东拼西凑了一些钱，把舅舅赎回来，改了个名字叫"复生"，结果还是没有活下来。

人是有命的。听说姥爷在姥姥之后又娶了一个太太，就是想再生个儿子，最后被算命的确认他"命中无子"，也就放弃了，从此全心全意地爱他唯一的宝贝女儿——我的妈妈。

妈妈二十多岁时也得了"家族病"——肺结核。可真是把姥爷吓坏了。好在那时，抗结核特效药链霉素已经问世，妈妈才得以保住了性命。

妈妈成了姥爷活下去的理由，父女俩相依为命；姥爷也成了妈妈活着的理由，父亲如天，孩子、丈夫都排在后面。但是自从有了我，姥爷便开始把全部的重心都转到我的身上。

我

我的英雄妈妈，六年里，生了三个女儿。

妈妈又要上班，又要给我喂奶。去上班时，她就用宽布条把我绑在身上，一手拎着奶瓶、尿布和上班用品，一手打着伞，怕我被晒着或被淋着。

铁路局是个庞大的系统，医院、学校、幼儿园、哺乳室全都有。妈妈把我送到哺乳室，吃的、用的一起交给阿姨，然后，利用中午休息的时间，跑来给我喂奶。

哺乳室里的孩子都爱哭，永远地嗷嗷待哺。听说我喜欢瞪着眼睛，看树影婆娑，路过的阿姨们都纷纷抢着来抱我。

一位说上海话的周阿姨，见到妈妈就说：

"小丽丽跟别的孩子不同啊，她不哭，瞪着双大眼睛看树叶。"

周阿姨可不知道，妈妈后来把我送到幼儿园，别的孩子哭两天就适应了，我一哭就是一个礼拜，而且是从早哭到晚。

也许，是因为那个幼儿园里没有树和树叶吧……

我在幼儿园里不停歇地哭了一个礼拜以后，园长让妈妈赶紧想个办法，说别哭坏了孩子的身体，不行就接回家去吧。

远在新疆的爸爸此刻帮不了妈妈，爷爷奶奶那边已有我的两个姐姐需要照顾，妈妈只能跟姥爷商量。

姥爷想了想说："我来带吧。"

妈妈急了："您都八十多岁了，带孩子太辛苦了，您别累坏了身子。"

姥爷也急了："那也不能让孩子哭坏了身子。"

第二天，姥爷二话没说就来到幼儿园，把我接回了家。

八十岁高龄的姥爷从此担当起了照顾我的职责，我也成了姥爷的小尾巴。

姥爷个子不高，偏瘦，象征性地拄个拐杖在前面走；我个子也不高，麻秆一样瘦，晃晃悠悠地跟在姥爷的后面。

我们一前一后去买菜，姥爷提起菜篮子，忘了拐杖，我在后面拄着比我还高的拐杖跟着。

老人走得慢，小孩比老人走得更慢。

我们一前一后地去捞鱼虫，姥爷提着水桶，我扛着渔网，红通通的鱼虫让我们俩都欣喜若狂，捞完就赶紧跑回家把鱼虫放到鱼缸里，满意地看着鱼儿张开大嘴狂吃。

我们一前一后地去领工资，那是我每个月最殷切盼望的日子。到了窗口，姥爷把我举起来，我递上私章，领来姥爷每月三十二元八角的工资。

我们又一前一后地直奔糖果店，这一次，我在前，姥爷在后。

我从小的理想，就是当糖果店的售货员，每天能看到、摸到那么多的糖果和点心，不吃都高兴。

姥爷去洗澡我跟着，姥爷去理发我也跟着，姥爷去会朋友我更要跟着。有时候，姥爷去上厕所，我还是跟着。那时候，我们居住的铁路大院里没有厕所，全院的人都要去附近公园的一个公共厕所。那个公厕真是让人难忘，除了永远排长队，还有飘出好几里的臭气。我俩分别站在男女不同的队列里，捂着鼻子排队等候进去，谁出来得早，谁就会在外面等着对方，一起回家。

我最开心的就是坐在姥爷的腿上，问他那个问了成千上万次的问题：

"姥爷，你喜欢我多还是喜欢大姐二姐多？"

姥爷每次都像第一次回答一样，认真地举起双手比画着大小：

"我喜欢你这么多，喜欢你姐姐这么多。"

从离开幼儿园开始，我就不再跟妈妈睡觉了，正儿八经地搬到了姥爷的大床上。

妈妈是铁路局报务员，三班倒：白班、中班、夜班。平时还有政治学习，不在家是常有的事。

儿时的记忆里，妈妈只有生病的时候是在家的。

妈妈有神经性偏头痛的毛病，每个月发作一次，每次请三天病假，卧床休息。而那三天里，我不敢大声吵闹，不敢蹦蹦跳跳，因为生病的妈妈需要安静。我只能从门缝里看看躺在床上的妈妈，如果妈妈看到我，会叫我进去，帮她捶捶头。我的小拳头一下一下地落在妈妈的头上，敲一会儿，小胳膊就酸了。妈妈好像看透了我的心思一样，不住地夸奖我"捶得真好""真舒服""小女儿真懂事"，弄得本来想出去玩儿的我，听了这话都不好意思走了。

那可能是儿时的我跟妈妈最亲密接触的时刻。黑暗的屋子里，病弱的妈妈热切地想跟小女儿多待一会儿；又心疼妈妈又胳膊酸的小女儿，热切地盼着能早一点儿溜出去玩。

如果妈妈不在家，那可就是我的天下了。

姥爷的大床是我的舞台，蚊帐是舞台上的帷幕。我把花花绿绿的床单围在身上，枕巾裹在头上，扮成画卷上古代女人的样子，羞涩地打开蚊帐报幕：

"第一个节目：舞蹈《我们心中的红太阳》。"

我又充当场务人员，自己把蚊帐打开。

我还是唯一的演员，从床边入场，开始自唱自跳，无比陶醉。

突然，听见院子里妈妈的喊声：

"爸爸，我回来了！"

十万火急，我能在五十秒内叠好被单，铺好枕巾，整理好蚊帐，并迅速跳下床，坐到桌前，读书写字，并随着妈妈的脚踏进房门，高喊一声：

"妈妈好！"

写字台是我的小卖部，想象中的糖果和点心分散在各个抽屉里，想象中的叔叔阿姨和小朋友来买东西。我把纸撕成大小不一的小条，当成不同面值的钱，在铅笔上拴根小绳当秤。

我的服务态度在那个年代应该是最好的。我像一个表演过火的演员一样，自买自卖地吆喝着：

"您要二两酒？好的，给您，您给我三毛钱，我找您四分。"

"小朋友，你要什么？"

"阿姨，这是您要的肥皂，五毛钱一块。"

我卖的货品中有糖果、点心、酱油、醋、牙膏、毛巾、铅笔、橡皮……小卖部里可能存在的一切商品，在我这个虚拟的商店里都有。此时的姥爷在他的花草世界里，我在自己的虚拟世界里，我们自得其乐。

也许，我的想象力就是在那个时候培养起来的吧。

很同情今天的孩子，所有的虚拟都变成了一块屏幕……

而我的童年是这样度过的……

2 小院

曲径通幽处，禅房花木深。

这诗里的意境，

就是我每天放学回家的心境。

姥爷和我在小院

姥爷和我在小院

小院

因为家住在津浦铁路边上，我从小最熟悉的，莫过于火车了。火车一开过，家里的窗户就哗哗地响，像发生了三四级地震一样。

那是一个铁路职工大院，里面住着铁路局机务段和工务段的职工。

清末民初铺设津浦铁路的时候，政府在铁路边为来自英国的铁路工程师修建了四排宿舍。后来，抗日战争爆发，这四排宿舍被日本人占用，里面铺上了榻榻米。再后来，又归属于国民党。直到新中国成立后，人民政府将这四排经历了半个多世纪的老房子，分配给了火车司机和铁路局高级工作人员，大家管它叫作"官房"。

一九三五年，我的妈妈就出生在这里。

她住过英国人住过的房子，也住过日本人时期的榻榻米，新中国成立后，再搬回来，就住到了现在我们家的位置。

我们家是第三排官房中的头两间。厨房建在两排官房之间，隔断了来往的路，形成一个不小的院子。房子是灰砖砌的，院里的地面上也铺着灰砖。长方形的院子，沿着墙边用灰砖架起了三层高低错落的台阶，姥爷那些修剪精美的盆景就整齐地摆放在台阶上。

姥爷的盆景，有假山，有树根，有植物；有小桥流水，也有渔翁垂钓；有仙鹤立于水上，也有小亭建在青松旁。每一个盆景都是一幅山水画。虽然那会儿的我，并不懂得中国文人所追求的诗情画意，对戴斗笠的老头还不如对亭子和小桥感兴趣，但在物质贫乏的二十世纪七十年代，姥爷的这些小玩意对一个孩子来说，已是很奢侈的物品了。

小院的中央，有三个大鱼缸，里面养着颜色各异的金鱼，眼睛也都奇形怪状，有平的，有鼓的，有像水泡一样的，在水中忽闪忽闪，真担心会破了。

鱼缸的一半埋在土里。冬天，水面上结了厚厚一层冰，我怕鱼儿被冻住，或者不透气被憋死，就用铁棍把冰面凿出个洞，却发现冰下的鱼儿依然忽闪着水泡眼，自由自在地游来游去。

那会儿养鱼可没有如今的"水循环系统"，我就是我们家的"水循环系统"。每个月，姥爷都让我给三个大鱼缸来一次大换水。

先准备好桶和塑料管子，把管子的一头放在鱼缸里，另一头含在嘴里用力吸气。眼看着鱼缸里的水顺着管子向自己这边流过来，快流到嘴时，赶紧把管子放到桶里，这样鱼缸里的水就顺着管子源源不断地流出来了。

姥爷为了有效利用生态资源，让我再把桶里的水倒进浇花的壶，用富含鱼儿粪便的水滋养院子里的植物。

傍晚，夕阳的余晖洒在湿漉漉的院子里。鱼儿在清水里游，花儿在水珠下笑。姥爷坐在藤椅上，欣赏着他一院子的花。我坐在姥爷的腿上，欣赏着我的劳动成果。

这个画面在我儿时的照片上有记录，虽然是黑白照片，但那一院子整齐、美丽、郁郁葱葱的盆景、假山，到现在看上去都是那么有质感，呼之欲出。

我最早学会的一首古诗，不记得它的名字了，只记得其中两句：

曲径通幽处，禅房花木深。

放学回家，走过曲曲折折的小巷子，见到一个小红门。

推开小红门，满院春晖。

那就是我儿时的家。

自来水

自来水龙头可不是每家都有的，整个大院也就六七个。

这几个水龙头，是给官房配置的。四排官房，每排配置两个。后来，有些人家（比如我家）把官房从中间隔开了，水龙头也就被隔在了不同的区域里。除了官房的住户，周围的人家也来这儿接水。

姥爷的小院里就有一个自来水龙头。

为了邻居进出方便，我们家那扇红色的院门，几乎是从不插上或锁上的。姥爷那一院子的花，全凭大家自觉，竟也从没丢失过。

经常，天不亮，就有人来接水。夜里一两点钟来接水的也有，姥爷从无怨言。

公家每个月都会把水费单下发居委会，居委会再让各家各户轮流来收水费。我就干过收水费这活儿。

一个被传得破破烂烂的水费本子，上面记着用水户的姓名和家庭人数。轮到我们家时，姥爷就把每户费用算好写好，然后背上一个小口袋，拿上一支笔，带着我挨家挨户地去收水费。后来，就变成姥爷把费用算好，让我背上小口袋，拿上笔，独自去收水费。再后来，就连算水费都是我自己的事了。

一年也摊不上一次收水费，所以我的积极性特别高。

邻居们也都很热情，我一报出金额，从来没有人对一个小孩儿的计算能力表示过怀疑，总是立刻掏出钱来给我。这份信任，让我觉得自己像个大人了。

收完一圈，从没见过这么多钱的我，背着满满一小袋战利品，心花怒放地回家去了。回到家里，我跟姥爷把钱数好、码好。如果跟要求的金额差了一点，姥爷就自掏腰包补上；如果多了，就一齐上交给居委会。

小院里每天来接水、洗衣服、洗菜的人，络绎不绝。大多数人都很自觉，不破坏姥爷那美丽的花园。不过，菜叶子堵了下水道，垃圾桶里多了很多垃圾，也是常有的事，其间，还闹出过许多笑话。

有一次，我怎么都找不到家里的剪刀了，那是把老式的裁缝剪刀，从我记事起，这把剪刀就在我们家。

我找遍了所有的抽屉、卧室、厨房、院子里的犄角旮旯，还是一无所获。突然，一个念头在我的脑子里出现：会不会是被哪个接水的邻居偷走了呢？

这个念头把我自己都吓了一跳，从来没有怀疑过邻居会偷东西的我，觉得这个想法很可怕。可是这个想法一经产生，就像洪水一样，非沿着这个思路想下去不可。

于是，我搬了个小板凳，坐在院子里，开始观察进进出出的人。这还是我有生以来第一次认真地观察人，越观察越发现，很多人的表情特别有意思。

有些邻居还像往常一样，进了院门，神情自若地叫一声："唐大爷！"这种人被我排除在外了。

有些人匆匆忙忙地来，匆匆忙忙地走，什么招呼也不打。他们平时也这样，所以也被我排除在外了。

范围逐渐缩小，最后，我把注意力放了我们家隔壁的李大娘身上。李大娘平时见到我，总是一副冷冷的面孔，爱搭不理的，但是今天，她对我特别地热情，每次来接水或洗东西，都主动跟我搭讪。这不是很可疑吗？

我又进一步观察她，发现她的眼神有点儿鬼鬼祟祟，东看看西瞧瞧，正好跟我对视时，赶紧把眼神躲开，这不叫做贼心虚吗？

于是，我故意大声地叫起来：

"谁看见我们家的剪子了？我们家的剪子不见了！"

我一边喊着，一边目不转睛地观察着李大娘，发现她很紧张，平时总爱边干活边聊天，今天一句话都不说，埋头洗菜，洗完了就走。

我越来越肯定自己的判断：就是她偷的！

我在琢磨着怎么走进李大娘家，怎么当面质问的时候，姥爷叫我吃晚饭了。吃饭时，我兴致勃勃地把我的观察和怀疑都告诉了姥爷，颇有成就感地准备饭后去捉贼。

姥爷看看我，起身走到小床边，从被子下面把剪刀拿了出来。

姥爷说他下午缝被子的时候，顺手就把剪子放在被子下面了。

姥爷告诉我：己所不欲，勿施于人。

如果不愿意别人这样看待和对待自己，那就不要这样看待和对待别人。

吃完饭，我走到李大娘家门口，看到他们一家人正围坐在桌前吃饭，李大娘看到我，就让我进去跟他们一起吃。

这会儿再看李大娘，跟换了一个人一样，一脸的慈祥，和蔼可亲。

想想李大娘，平时对我真是挺好的。小孩子都喜欢吃"隔锅"的饭，我不就经常端个空碗去李大娘家蹭饭吗？玉米面的贴饼子，蒸槐树叶，这些又乡土又好吃的东西，不都是在李大娘家吃到的吗？再想想自己刚才对李大娘的怀疑，我愧疚得眼泪都快流下来了。

小脚张奶奶

李大娘家的隔壁，住着小脚张奶奶。

张奶奶的脚，那真叫三寸金莲，像个小孩子的手那么大。

张奶奶的个子又很高，走起路来像在风里飘。

张奶奶是唐山人，说话很好听，虽然不识字，却酷爱看小人书。她的家里有很多小人书，《小兵张嘎》《鸡毛信》《平原游击队》，我都是在张奶奶家看的。

张奶奶养了很多鸡，都养在她的屋子里，所以进她的屋子需要很大的勇气。除了地上的鸡屎，还有满屋子鸡屎的臭味。

张奶奶每天最开心的事，就是看到母鸡下蛋。随着"咯嗒咯嗒"

的叫声，张奶奶摇晃着她那细长的身躯，准确无误地从鸡窝里取出一个热乎乎的鸡蛋，笑眯眯地让我摸摸，再小心翼翼地放进坛子里。

张奶奶的鸡蛋坛子，只进不出。省吃俭用的她，因为没牙，每天就喝点儿粥，嚼点儿馒头，从不去碰那坛子鸡蛋。只在逢年过节，我们才能看到她的三个儿子带着点心来看她，坐上几分钟，提着一篮子鸡蛋走了。

一个儿子一篮，三个儿子就是三篮，那可都是张奶奶一颗一颗攒起来的呀！每次看到这样的情景，我都很心疼。这些鸡蛋，张奶奶自己舍不得吃，一个都舍不得，为什么要给很少来看她的儿子们呢？

我问姥爷为什么，姥爷说，你看张奶奶养的老母鸡，要孵小鸡的时候，就把鸡蛋放在它的身体下面。要孵很久，小鸡才能出来。这就是父母对孩子的感情，不求回报，只想给予。

张奶奶自己提水，虽然是个小桶，可她那一步三摇的姿态，一桶水到家就剩一半了。每次看她提水，我都为她揪着心。

有一天姥爷把我叫到面前，问我：

"小文丽，你想不想越长越美丽？"

"想，当然想了，可怎么才能越长越美丽呢？"

"我告诉你一个办法，就是多帮人做好事，你就会越长越美丽。"

"真的吗？"

张奶奶成了我变"美丽"的目标！

下了学，放下书包，我就直奔张奶奶家，拎起水桶就跑，把缸里接满水。然后开始扫地，先在鸡屎上撒上炉灰渣，小心地把鸡屎除掉，再在地上洒点水，不让灰尘扬起来，最后把地面打扫得干干净净。

张奶奶家的窗户，就像是从来都没擦过一样，连阳光都透不进来。当我用自己的劳动让小屋洒满阳光的时候，心里别提多高兴了。

我好像有使不完的力气。我发现，帮别人家干活，比帮自己家里干活带劲儿多了，更何况可以"越干越美丽"！

我热切地盼望着自己早一点儿美丽起来。

张奶奶盘腿坐在床上，吃惊地看着我像猴子一样上蹿下跳。既不赞许，也不感激，好像很无奈。

她是不是在想：这个小家伙是不是有点儿神经不正常啊？

后来，我还真是女大十八变，越变越好看了。

这是不是要归功于姥爷教我的秘诀呢？

现在想想，姥爷是多么有智慧。他如果直接让我帮小脚张奶奶提水，我怎么会愿意？小孩子嘛，提个一次两次也就罢了，哪里能坚持太久？现在好了，既帮了需要帮助的人，又培养了我的品德。

现在，我也会模仿姥爷，用这个办法来教育我的孩子，却发现，我的孩子可没有我那么当真啊。

吴大姑

"吴大姑，又要问你借钱了。"

这是每个月八号，姥爷必说的一句话。

吴大姑是个在职的寡妇，两个儿子都上山下乡去了农村，她一个人省吃俭用，每个月都有结余。

二十世纪七十年代，每个月都有结余，那是很奢侈的。

妈妈和姥爷的工资加起来，一个月将近一百元钱，一百元养活三口人，在那个年代，也是很奢侈的。

可是，我们每个月的八号，都要向吴大姑借钱，每次借十元。

姥爷和妈妈在铁路局工作，铁路局每月十五号发工资，吴大姑在地方工作，每月月底发工资。

妈妈的工资全都交给姥爷管理，姥爷就是在最困难的时期，烟、酒、茶、糖也不会少。

茶，要茉莉花茶；酒，要高粱酒；烟，来人必给人家递，也是那会儿的好烟；糖，不光我吃，来家里的小朋友吃，姥爷自己也吃。

就这几样，全是那个年头的奢侈品。再加上姥爷爱吃肉，红烧肉烧得一流。姥爷还爱喝鸡汤，因为他的牙齿几乎掉光了，妈妈每天早起去很远的地方给他买鸡汤。那是一种用大麦和鸡丝在一起熬的汤，营养丰富，妈妈一买就是三碗，可以让姥爷喝上一天。

想想，这是在二十世纪七十年代啊，这样的生活是会让多少人流口水的！姥爷还要买花买鱼，一百元钱当然是不够的。

那能不能下个月省省，少买一样东西呢？

不能！

所以，每个月到了八号，就再也坚持不下去了。八号到十五号，还有一个礼拜，只能找吴大姑借钱。

吴大姑也早已习惯了，每到八号这一天，早早地就把十元钱准备好，姥爷一来，不待张口，便将钱递上去。而姥爷也在一个礼拜以后，发工资的当天，第一时间把十元钱还给吴大姑。

有一天晚上，不知因为什么，姥爷跟妈妈生气了，妈妈在里屋哭，姥爷一气之下离家出走，可把只有八九岁的我吓坏了。

我怕姥爷生气了去跳河自杀，想去找姥爷，又怕妈妈一个人在家想不开上吊自杀，左右走不开，情急之下，我敲响了隔壁吴大姑家的门。

我语无伦次地跟吴大姑描述了家里的突发事件，也讲了我的担忧，希望吴大姑帮我在家里看住妈妈，我要去执行一个更为艰巨的任务——寻找姥爷。

吴大姑那天一定是被我的神情吓住了，居然对一个八九岁的小孩唯命是从。

她立刻穿好衣服，跟着我来到家里，坐到正在哭泣的妈妈身边，一边安慰妈妈，一边向我点头，示意我可以放心地走了。我也向吴大姑点点头，表示妈妈交给你了。

我拿上手电筒，穿过黑黢黢的巷子，直奔大塘公园。

大塘公园里有个大水塘。那是修建津浦铁路的时候，为了垫高地基，在地基上铺设铁轨，挖土形成的大坑，后来积水成塘。

原先的大塘没有围墙，也不是公园，后来因为有小孩不慎落水淹死，便建起了围墙，形成了一个街心公园。

因为离家近，我想，将近九十岁的姥爷最有可能去跳大塘。可是我忘了，夜里公园是关门的。我围着大塘公园转了一圈，几个大门都关着，姥爷应该没有那个身手，可以爬树进去。

怎么办？难道姥爷真的去跳淮河了？

淮河，可是很远啊，又是深更半夜的，我一个人去，真有点儿害怕。

我也奇怪，为什么一个八九岁的小孩，认定她的姥爷和妈妈会以自杀的方式来解决冲突呢？

那其实是我自己的幻想。

以一个弱小的生命面对大人的指责和惩罚时，唯一能让大人们后悔和感到痛苦的就是死。

我曾无数次地幻想，我跳河自杀了，妈妈和姥爷，还有所有的亲人奔向河边，趴在我身上哭天喊地的样子，我感到巨大的满足和幸灾乐祸。

"哈哈，谁让你们平时对我不好？谁让你们老是批评我？现在后悔了吧，晚了！"

所以，我以儿童的心理，以为大人们生气了，也会跟我想的一样，以死让对方后悔。

为了确保吴大姑没有失职，妈妈在家安然无恙，在奔向淮河前，我先回了趟家，去看看妈妈。

家里还是两个人，只不过吴大姑变成了姥爷。

这次，姥爷坐在了里屋的大床上，妈妈坐在外屋的小床上，两个人谁也不理谁，也不说话。

啊？姥爷没有去跳河啊！

我跑进屋，拉起妈妈的手，走到姥爷面前，就像平时我犯错误的时候，妈妈拉着我的手走到姥爷的面前一样。

我轻轻地掐了一下妈妈的手，妈妈小声地嘀咕了一句：

"爸爸，我错了，您别生气了。"

"啊？什么？"

姥爷平时就背的耳朵，现在更"背"了，装作听不见。

妈妈提高了一点声音，却多了一点泪水：

"爸爸，我错了，您别生气了。"

这就是我的姥爷！完全的封建礼教！在新社会，居然还来这一套。

有一次，妈妈给姥爷订了牛奶，这可是稀缺物资。姥爷不喝，让我喝。妈妈说就这么一点不够两个人喝的。姥爷说我们在长身体，他不爱喝牛奶。妈妈说我们还小，以后有机会喝。姥爷急了，一把打翻了牛奶，还打了妈妈一下。

妈妈到现在都爱说："我到四十多岁，还被父亲打。"

可是，我就是这样长大的，妈妈也是这样长大的。

睡觉的时候，我好奇地问姥爷：

"您刚才离家出走，去哪儿了？"

姥爷诧异地看着我：

"离家出走？我就去了趟茅房。"

丫头

我们住的大院里，有几个小朋友，常跟我一起玩，其中就有丫头。

丫头的父亲曾经在铁路局工作，后来在一次事故中被火车轧死了。丫头的母亲受不了这突然的打击，疯了。这个家，就这样败落了。

上面有三个哥哥的丫头，是这个家最小的孩子，也是唯一的女孩儿。按说，丫头应该是最得爸妈宠爱的，可是我们眼里的她，永远蓬头垢面，鼻涕邋遢；永远穿着破衣服，衣服上面黑乎乎的，不知是鼻涕，还是吃的东西留下来的印子。

院子里的小朋友都欺负她，不愿意跟她玩，嫌她脏。

的确，她那头像"朋克"一样永远也不梳理的头发，长满了虱子和虮子。虱子是黑色的小虫，虮子是白色的小虫，都附着在头发上，令人奇痒无比。

想想这个有个疯妈妈，没人管没人疼的孩子，真是可怜。就那一头虱子和虮子，就够她受的了。小朋友们怕被她头上的虫子传染，都远远地躲着她。

她很想跟我们一起玩，总是眼馋地、远远地看着我们，一双小眼睛充满期待，盼着能加入进来。她的妈妈，倒是毫无顾忌，蓬头垢面，唱着走调的歌，骂骂咧咧地从我们玩的地方经过。

小朋友有时会放下正在玩的东西，把注意力转向丫头妈妈，朝她扔石头子儿；有时会追在她的身后，戏弄她。这种时候，丫头总会自卑地、悄悄地溜走。

我是院子里这几个同龄小朋友的"头儿"，我对丫头充满同情。

我真的很想让丫头跟我们一起玩，但是，我能明显地感觉到，大家都不想理她，都不欢迎她加入。于是，我又担心如果向着她，自己会失去这一点点得之不易的"江湖地位"。矛盾和斗争的结果，让我只能无奈地、远远地看着她那双热切的眼睛。

有一天放学回家，放下书包，我就跑到小朋友们一起玩的大树下面。那儿，只有丫头一个人，她正在用我们在地上画的线，模仿着我们的动作，跳房子呢。

看到我，她停了下来，不好意思地红了脸，转身就要走。我不自觉地叫了声："丫头！"

她站住了，转过那个"朋克头"来，看着我。

我问她："想不想跟我一起玩？"

她吃惊地看着我，不太相信似的，以为是自己听错了。过了一会儿，见我没有反悔，目光一直真诚地注视着她，于是，她使劲地点了点头，脸都红到脖子根了。

我们俩互相看着，她灿烂地笑了，我也灿烂地笑了。

我把她带到了我们家的小院，让她坐小板凳，我坐椅子，把她的头靠在我的膝盖上，开始帮她捉头发上的虱子和虮子。

那个下午，阳光温暖地照着小院，我认真地帮她清除着这些小朋友们嫌弃的东西。我好像有一种伟大的使命感，就是要帮助她，帮助这个可怜的小姑娘，重新建立起生活的信心，让她干净美丽起来。

有时候，我把她的头皮弄得很疼，她也一声不吭地忍着。

虱子和虮子都很难弄下来，这些个小虫子死死地抓着头发，要用两个手指头的指甲相互挤压，听到"啪"的一声响，才算是把它消灭了。太多了，何时是个尽头啊。

弄着弄着，我的身上也痒起来了，然后，头发也痒起来了——天哪，是不是已经传染给了我呀？

我开始后悔了，后悔让她来我们家，后悔帮她捉虱子。就在这个时候，姥爷伸出了援助的手。

姥爷已经观察我们半天了，他知道丫头家里的情况，很同情这一家人，所以，看到我帮助丫头，姥爷很高兴。

姥爷看我的方法太笨拙，就提着把剪刀走过来，"咔嚓咔嚓"几下子，就把丫头那又长又乱的"朋克头"，剪成了齐耳的短发。

哈哈，我怎么就没想到呢？这下子，可就容易得多了。本来，虱子和虮子，也大都集中在发尾，剪掉了，不就省得一个一个弄死了吗？

从没梳过头的丫头，一下子变了个人，干净、整洁，好看了许多。

从此以后，丫头就成了我的小伙伴。

我带她去洗澡，教她洗衣服，到她的家里帮她打扫卫生。

那个家，如果可以称之为"家"的话，简直就不知道人怎么可以生活在其中。

我甚至很生她三个哥哥的气，为什么不管这个家？为什么不管这个妹妹？为什么不照顾这样一个妈妈？

要知道，我是多么渴望能有一个哥哥呀。

我的哥哥，带着他的一帮小兄弟，杀进我们教室。

"谁敢欺负我妹妹？！"

我的哥哥，在我被别人欺负的时候，一拳把他打倒在地。

这个幻想，一直在我童年的脑海里。

可是，有三个哥哥的丫头，不是一样被人欺负吗？有三个儿子的疯子母亲，不是一样被人谩骂吗？

现在的我，才能理解和懂得，那三个儿子，其实也是自卑得不行。没有了父爱和母爱的孩子，也不知道如何去爱别人，包括自己的亲人。

我把丫头当成了我的布娃娃，我觉得自己就是她的妈妈。别的小朋友想欺负她的时候，我就站出来保护她，渐渐地，大家也就接受了她。

3 朋友

他如一棵历尽沧桑的百年老树，
人们都愿围坐在他的树荫下，
得片刻歇息。

姥爷和曹老师

我的跨杆瞬间（曹老师摄）

枸杞是假的

　　姥爷好交朋友，九十岁的他有二十岁的朋友，也不知道他有什么魔力，总能把这些人聚拢在他的身边。

　　在我的印象里，我们家每天都是人。除了来院子里接水的邻居，就是姥爷的各方朋友。

　　每天的中饭、晚饭，姥爷都会多放一副碗筷，以备有赶着饭点儿来的朋友。

　　记得有一位叔叔，是爸爸的朋友，妻儿都在外地，就常常跑到我们家来蹭饭，我对他很反感。因为在那个年代，家家都不宽裕，能吃饱肚子就已经很不容易了，何况这么一个五大三粗的人，一顿得吃好几碗饭呢。

我故意地说些风凉话，可这位叔叔就好像没听见一样，从来不为所动，始终如一。姥爷在家里，好吃的决不藏起来，也从不给人家脸色看，热情待客，好酒好茶地侍候。

我心里实在不忿，觉得那位叔叔也太不像话了，就跟姥爷说，下次他再来，咱们也不吃饭，等他走了再吃。

姥爷笑笑说：

"谁都有困难的时候，添双筷子，我们饿不死的。"

白天来家里的，多是姥爷的花友。大家品茶谈花，交流各地盆景花卉的情况。也常有朋友端着盆景过来，或是送给姥爷，或是卖给姥爷，或是请姥爷帮着收拾收拾。

姥爷从来不白收东西。如果对方一定要送，姥爷会反过来回赠他更昂贵的东西，弄得人家反而不好意思送了。

姥爷经常跟我说："别人敬你一寸，你要敬别人一尺；别人敬你一尺，你要敬别人一丈。来而不往非礼也。"

有一个叔叔，跟姥爷做花友已经很多年了，姥爷视他如同儿子一样亲，把自己的养花经验和对盆景的审美认识，全都毫无保留地教给他。

这个叔叔会花言巧语，姥爷的许多朋友都不喜欢他。可是姥爷对朋友，那是百分之百信任，谁要是说他的朋友不好，他会非常生气。这样一来，弄得大家都不敢说了。

有一次，他偷走了姥爷放在假山上的小仙鹤和小亭子。姥爷发现时，他栽赃到我大姐身上，说是大姐拿去给小朋友们玩了。姥爷怎么问大姐，大姐都不承认，结果挨了姥爷的一顿打。

他知道姥爷不白收人家的礼，还偏要送给姥爷一盆枸杞。姥爷本来不想要，无奈他的热情，就给了他三十块钱，留下了枸杞。

三十块钱，在那个年代，能养活一家几口人了，那是姥爷一个月的工资啊！

姥爷把这盆枸杞放在了小院最醒目的位置，可能这是他花最多的钱买的花，不免有点儿心疼吧，他天天走过来看，走过去看。每个来家里的客人，他都要给人家介绍介绍这盆花了三十块钱买的盆景。

可是枸杞的叶子日渐枯萎，像害了病一样，没过几天，眼见着就要死了，可把姥爷急坏了。养了这么多年的花，还从没遇见过这种情况呢。

有一天，来了一位年岁较大的资深花友，一进门就大声嚷嚷："唐大爷，你那个枸杞是假的！"

姥爷瞪大了眼睛看着他，不明白他的意思。

他从容地走到枸杞跟前，一把将枸杞拔起来，底下哪里有根啊！

原来，那是一盆无根的枸杞。

姥爷像是受了刺激，见谁就跟谁描述自己受骗上当的经过，他更是心疼大姐曾经因为这个骗子挨了一顿打。

姥爷一向是个不爱说话的人，平常来了客人，也是客人说得多，他说得少。自从"枸杞事件"之后，姥爷突然变了个人，成了一个喜剧演员，每天都要声情并茂地把这个受骗上当的过程演上好几遍，不仅演自己，还演那个骗子和揭穿骗子的伯伯。

一开始，我觉得很好玩，听姥爷讲受骗上当的故事；后来，老是听同样的内容，就觉得无聊了；再后来，就开始为姥爷担心了，姥爷会不会因为这件事情，被气成了精神病？

姥爷托人传话给那个叔叔，让他来家里一趟，把这盆假枸杞拿走，省得天天看着心里不舒服，钱也不用他还。

可是这个骗子，再也没敢露面，从此销声匿迹。

事情过去很久之后，几个老花友才告诉姥爷，他们早看出那人不是个好人，只因为姥爷那么器重他，谁也不敢跟姥爷说。

姥爷听后长叹一声：

"我活到九十岁了，还是第一次骗人，把个假的说成真的。"

原来，姥爷一遍遍地说，是愧疚于自己骗了人，希望得到大家的原谅。从不说瞎话的姥爷，因为这盆假枸杞，因为他所珍视的友谊，也因为冤枉了好人，真是纠结痛苦了半年之久，从此更加沉默了。

裴多菲俱乐部

二十世纪五十年代的匈牙利，有这样一批爱国的有识之士，因为不满苏联对自己国家的干预和统治，就以匈牙利历史上最有名的诗人裴多菲的名字，成立了一个可以自由发表言论的沙龙，就叫"裴多菲俱乐部"。

在我童年的记忆里，姥爷的家，也是七十年代中国的一个类似的沙龙，一个小型的"裴多菲俱乐部"。

那时候的中国，经历了五十年代末的大炼钢铁，六十年代初的三年困难时期，又迎来了"文化大革命"，很多知识分子开始担心国家的前途、民族的未来。

可是这些话又不敢在外面随便乱说，一旦有人检举，就会被扣上"反革命"的帽子，永世不得翻身。

九十岁的姥爷，经历过清末列强侵略、北洋军阀混战、民国初期军阀割据的各个时期，又从抗日战争，来到解放战争，再来到新中国成立，这一生都随着国家和历史在动荡中度过。

这样一位九十岁的老人，像一棵老树一样，把世态炎凉全部看在了眼里。而他的阅历，他的大度，以及他对人的包容、慈悲和善良，成了一种无形的力量，让大家觉得，在他这儿，是可以无话不说、无话不谈的。

每天吃罢晚饭，各位叔叔、大爷、大大、伯伯就陆陆续续地往我们家来了。有些人住得远，也天天不辞辛苦，想到这个"沙龙"里来听听消息，聊聊时事，一吐心中之闷。

"俱乐部"的成员，有画家、教师、京剧演员、会计、工人、工程师……从二三十岁到六七十岁不等。

姥爷会早早地把茶沏好，烟备好，只等大家到来。随着一声声"唐大爷"的呼唤，小小的屋子渐渐聚满了人。

那会儿人也闲，白天各自上班上学，晚上没有任何娱乐，连电灯都舍不得开，全家都早早地睡觉。唯有姥爷这儿，每天晚上，在二十五瓦的昏黄灯光下，各路神仙慷慨陈词，把自己听来的小道消息分享给诸位忧国忧民之士。

那是没有电视机，没有电话，没有任何现代化电子产品的年代，我们家连收音机或小喇叭都没有，对外面世界的了解，除了一份大家传阅的《参考消息》，就是每天晚上的这个聚会了。

姥爷给大家安排好椅凳、香烟和茶水，自己靠在小床上，眯缝着眼睛听，通常不发表言论，只在大家聊得过于激进时，插上一句：

"莫谈国事。"

我的妈妈是最担惊受怕的。"文革"刚开始的时候，她曾因为丢了一个毛主席像章被同事检举，差点儿自杀，得亏后来找到了才躲过一难。

所以，每天晚上，只要妈妈不上夜班，不管多热的天，都把所有的窗户关得严严的，还跟地下工作者似的不时向窗外张望。

一有人经过，她立刻"嘘"一声示意大家安静，并神秘地指指窗外，也来上一句：

"隔墙有耳。"

现在流行看"谍战剧"，想想妈妈那会儿的形象，还真像以前的地下党员。齐耳的短发，一脸的正气，趴在窗边神情紧张地观望，包括手语和暗示的眼神，活脱脱的一个"江姐"啊。

想来，又觉得很可笑，我们又不是在敌占区，我们是在革命的红旗下啊。

大家都盼着妈妈去上夜班，这样气氛会稍微轻松些。

可妈妈就是去上夜班，临走前也不忘关好窗户，并在踏出门的一刻，留下那句亘古不变的话：

"隔墙有耳。"

只有年三十的晚上，妈妈是笑着离开家的。

每个年三十的晚上，妈妈都去上夜班，因为一天发两天的工资，所以大家全都争着上。

妈妈帮姥爷做好一年来最丰盛的一顿晚餐，姥爷也捧出一年来都舍不得喝的好酒。待大家纷纷入席，妈妈只拿个馒头，就笑呵呵地离开了，临走前不忘跟大家说上一句：

"谢谢你们，陪我父亲过年。注意，隔墙有耳。"

在我童年的记忆里，每个年三十的晚上，我都是跟姥爷和他的朋友们一起度过的。当时觉得除夕夜就应该这样过，好朋友们共聚一堂，辞旧岁，迎新春。

长大了，我才知道，只有我们家是这样过年的。

除夕夜，是跟家人团聚的日子，而不是跟朋友团聚的日子。

可是，为什么我儿时的年三十都是这样度过的呢？

为什么这些叔叔伯伯大爷都不回家，陪自己的父母妻儿一同守岁，而是要跟我的姥爷一起度过这一年中最珍贵的夜晚呢？而且十几年来，年年如此。

我只能这么想：

他们把姥爷当成自己的父亲了，而姥爷也毫不客气地把他们当成自己的家人了。

一年来天天晚上相守在一起的老朋友、老哥儿们，满心盼望着来年我们的国家会好起来，老百姓能过上安稳的好日子。

姥爷的朋友

一、兰亭大大

兰亭大大，因为是地主出身，曾被划作"四类分子"，也就是"反革命"。

他在铁路工程队做电工，家里有老母亲、妻子和五个孩子，全家就他一个人工作，生活的困难可想而知。

可是，他这个人，就如同他的名字一样有气节。

他总是一副无忧无虑的样子，爱说笑话。每次来我们家，都会带来一两个笑话，让我和姥爷开怀大笑。我总是缠着他再多说两个，姥爷便阻止我：

"让兰亭大大歇歇。"

兰亭大大一到吃饭的时间，立刻站起来就走，还总是笑嘻嘻地告诉我们：

"今天我们家有醋熘鸡丝、松鼠鳜鱼，还有梅菜扣肉，不回去吃多可惜。"

这么好吃的东西，不吃真的是太可惜了。

可姥爷总是想挽留他吃饭，却留不住。

我忍不住劝姥爷：

"你以后就别留兰亭大大了，人家吃得比我们好多啦。"

姥爷摸摸我的脑袋，告诉我：

"他们家其实很困难，八张嘴就指望着他做电工的那一点点工资，能不能吃饱饭都成问题，哪来的鱼呀肉的。他回到家里，有没有得吃都难说呢，所以我总想留他吃饭。"

"那为什么你每次留他，他都不肯在我们家吃饭呢？"

"兰亭大大是个自尊心很强的人，因为出身不好，加上贫穷，所以他不愿意让人瞧不起。"

"他怎么知道那么多好吃的呀？"

"人家以前是过过好日子的。"

兰亭大大会画画。姥爷把自己珍藏的一套《芥子园画谱》送给了他，他感激万分，主动提出教我画画，我因此去了他家。

那真是像姥爷所说的景象啊，家徒四壁，家里每个人都清瘦无比，除了他在笑，没有人笑。

以微笑面对苦难，以乐观的精神面对人生的灾难，这就是兰亭大大。

像兰花一样，亭亭玉立。

长大以后，每当我遇到困境，总会想起，兰亭大大笑嘻嘻地描述他们家有鱼有肉、有鸡有鸭的得意表情。

二、曹老师

曹老师是个美术教师，也曾是个"右派分子"。他被打成"右派"，跟他的个性有很大关系。

我们家的很多照片都是曹老师拍的。他对喜欢的人，就热情相待，毫无保留；对不喜欢的人，就理也不理，不管你是领导还是百姓；对于不满的事情，一定要发表自己的看法，而且嗓音洪亮，态度坚定，不会"为五斗米折腰"。这样的个性，是一定会吃亏的。

他却不以为然，依旧我行我素，该发表的意见照发表，该不理的人照不理。

这样一个表里如一的人，常常会让你在他面前觉得自己活得不够纯粹；而他那蔑视一切的表情，也让你觉得你的缺点全被他看出来了。

我其实是有点害怕曹老师的，总觉得他不屑于理我这样的小孩。可我又被他的个性吸引，所以，每次他来我们家，我都喜欢待在姥爷旁边听他说话。

"唐大爷，你那个枸杞是假的。"

这桩骗局，就是曹老师揭穿的。别人尽管知道但都不敢说，可对曹老师来说，有什么不敢说的？

"唐大爷，您老放心吧，要不了两年，国家是一定会变的，到时候，孩子们就会安心读书了。"

这个远见也是敢想而不敢言的，对曹老师来说，又有什么不敢言的。

曹老师手把手地教我画过几次画，以至于到现在，我都热爱画画。

他教我怎么画盒子，把一个平面的东西画成立体的；怎么画桌子和椅子，它们的透视关系是怎样的；他帮我打开了一个过去从未意识到的空间，世界从此由平面变成了立体。

可惜，后来姥爷过世了，我就再也没跟曹老师学画画了。

高中的时候，我代表学校参加市运动会的跳高比赛。正在我全力拼搏的时候，一个人拍下了我跨杆的瞬间，那是我唯一的一张参加运动会的照片。

这个人，就是曹老师。

三、良顺叔叔

良顺叔叔几乎"长"在我们家了，他是"裴多菲俱乐部"的主要成员。

良顺叔叔是姥爷最年轻的朋友之一，也就二十来岁。

为什么二十多岁的人，愿意找九十多岁的人玩儿呢？

那会儿，铁路中学在很远的地方，我们院子里的男孩子都扒火车去上学。良顺叔叔就是在一次扒火车的时候，从火车头上掉了下来，被轧断了一条腿。

十六七岁的他失去了一条腿，那真是致命的，休学将近一年。他无法接受成为"残疾人"这个事实，几次想结束自己的生命。

他来到了姥爷家，对姥爷诉说了他的精神压力和绝望。

姥爷用它近百年的人生经历开导良顺叔叔，并且建议他学习会计，有个一技之长，可以不靠"腿"吃饭，自己养活自己。

后来，良顺叔叔在印刷厂找到了一份会计工作，一直靠着这门技术生活到今天。印刷厂的噪音大，说话得喊，否则就听不见，这也让良顺叔叔练成男高音，说话的嗓门儿降不下来了。

从此以后，良顺叔叔就"长"在了我们家。

每天，他都是第一个来。我们还没有吃完晚饭，便听见他的男高音在小院门外响起：

"唐大爷！"

夏天的夜晚，姥爷在小院里放上四把椅子，上面搭块床板，再铺上凉席，就成了我们家的凉床。

我和姥爷先把凉床当餐桌，边吃边和良顺叔叔聊天。

良顺叔叔跟兰亭大大一样，从不在我家吃饭。

等吃完晚饭，收了碗碟，我就躺在凉床上乘凉，缠着良顺叔叔给我讲故事。

有一次，良顺叔叔指着天上的星星，问我：

"你知道不知道，那些星星叫什么名字？"

然后，他就给我讲了"牛郎和织女"的故事：

"牛郎星的两边，是两颗很小的星星，你看到了吗？那是牛郎和织女的两个孩子。牛郎用扁担挑着两个孩子，想过了银河去找织女。牛郎星和织女星中间的那一排星星，就是把他们分开的银河。"

"后来呢？找到了吗？"

"王母娘娘为了惩罚织女爱上了凡人，只允许她每年农历的七月初七，过了银河来跟牛郎相会，一年见一面。"

我想起妈妈经常说，她和爸爸就是牛郎和织女，现在知道为什么了——他们不也是一年见一面、中间隔着千里万里吗？只不过变成了妈妈带着三个孩子。而那个"王母娘娘"又是谁呢？小小的我，自然搞不清楚这些，只是更加同情我的妈妈了。

现在，在满天繁星的地方，我也会教我的孩子认天上的星星，给他们讲这个古老的爱情故事。每当这个时候，我的脑海里，都会浮现出儿时夏日的夜晚：那个小院，那张凉床，满天繁星密密麻麻的，摇着扇子的姥爷，过往接水的邻居，和男高音良顺叔叔。

四、其茂伯伯

革命样板戏《红灯记》里有一句唱词："我家的表叔数不清，没有大事不登门。"

我家的表叔也不少，没有大事也不登门，跟我们往来最多的是其茂伯伯。其茂伯伯是爸爸的表弟，他叫我的奶奶作姑妈，我叫他的妈妈作舅奶。过去的这些称呼，随着"独生子女"的出现，将来可能都没有了。

其茂伯伯喜欢所有的新鲜事物，他是我们那儿第一个买电视机的人。九寸大的黑白电视机，成了机务段大院的人家每晚共享的娱乐项目。

吃罢晚饭，大家就提着小板凳，向其茂伯伯家靠拢，见他家的门紧闭，就派个人去敲门，半天敲不开，就大声地连敲带喊，里面的人根本就别想自己悄悄地躲在屋子里看，必须把电视机搬出来跟大家一起看。

有时候，其茂伯伯也气不过，打开门想骂上两句，但看着黑压压一片提着板凳的老老少少，到了嘴边的话又咽了回去。只能搬出桌子，端出那个九寸大的黑白电视机，跟大家伙儿一起看了。

那个时期时髦的几部日本电影，像《追捕》《望乡》，我都是在其茂伯伯家的电视机上看到的。

只记得《追捕》里的真由美，长发飘逸；高仓健一改中国的"奶油小生"形象，重塑了男子汉的形象。电影中那个现代化的城市，简直就像是天堂。

"昭仓从这儿跳下去了，唐塔也跳下去了，现在该你的了。"

"你看，多么蓝的天呀，从这儿走过去，你就会融化在这蓝天里。"

电影里的这些经典台词，几乎人人会背，我们还用这些台词跟同学、小朋友相互之间开着玩笑。

那个时候，全民爱看电影，看电影是生活中重要的娱乐。只有在电影里，我们才能看到外面的那个花花世界。

说是看电影，其实，是听电影。

全院那么多的人，想都挤到前面去看，几乎是没有可能。只有九寸大的小电视，在那么多人的面前，显得格外的小。

再加上那会儿的电视信号也不好，常常在最紧要的关头，电视屏幕变成一片雪花，只能听见高仓健低沉浑厚的声音："抱紧我。"接着，是真由美甜美的声音："我爱你。"然后，就是那个著名的音乐段落"啦啦啦"……没有了画面，一切全凭想象。

我每次在其茂伯伯家看完电影，回到家第一件事，就是跟姥爷复述一下电影的故事。也许我对电影的热爱，就是从那个时候开始的吧。每次，姥爷都认真地听着我结结巴巴的描述，从不打断，让我一遍又一遍地在脑子里重复那个电影、那些画面。

其茂伯伯因为是独子，没有去农村插队，而是当上了铁路工人。

在那个"工人阶级领导一切"的年代，当个铁路工人是非常优越而自豪的。

其茂伯伯喜欢一切"洋"的东西，摄影就是他的一大爱好。

他在照相机的取景器里，看上了在现代革命京剧《红灯记》里扮演李铁梅的姑娘。

姑娘当时已经下放农村，基本上是不可能再回城，一个工人，一个农民，伯伯的家人自然反对，姑娘也不愿意拖累他。可是，伯伯索性抛下工作，跟着姑娘去了农村，帮着种地、干农活，并跟家里人扬言：如果他们不接受这个姑娘，他就扎根农村再也不回来啦。

家里人以为他赌气，也没当回事，从小像少爷一样被养大的他，哪儿受得了农村的苦，过几天，肯定就跑回来了。

没想到，伯伯在农村竟然一待大半年，人是连饿带累带晒，黑瘦得只剩皮包骨头了。

这一下，不仅感动了姑娘，也吓坏了伯伯的家人。

于是，一个农民，一个工人，从此结为了夫妻，姑娘成了我的表婶。

其茂伯伯和表婶谈恋爱的时候，经常一起来姥爷家。一是因为姥爷的花园美，二是因为姥爷好客。我的家给表婶留下了美好的印象。

其茂伯伯也经常带着相机来，借用姥爷的花园，给表婶拍照，有时也给我们拍。

像这张照片，就是浪漫的他用借来的 135 莱卡相机拍的。

在照片的背面，他深情地写下了这样的文字，寄给远在新疆的我的爸爸、他的表哥。

表哥：

　　清明节晴朗的阳光投射到小花园里，孩子们围着我身边拍张照片远寄留念，你看孩子们正望着你微笑，好像盛开的花朵。

　　　　　　　　　　　　　　　　表弟　其茂

　　　　　　　　　　　　　　　　一九七一年

参考消息

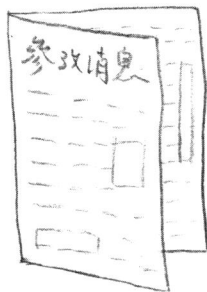

　　每天早晨上学前，我先到厨房取出家里的大钢精锅，打开米坛子，舀上几勺米，然后端着锅来到大院对面的铁路机务段，在一个比我高出两倍的大蒸饭箱前，淘好米，放好水，再把锅放进去。

　　放多少水合适？那可是一门学问。

　　水和米的比例要适当，水放多了蒸出的米饭就瓤了，水放少了米饭又硬了，这就叫技术。只有八九岁的我，经过无数次的尝试，可以让米饭做得不瓤不硬，正正好。

　　中午放了学，第一件事情，当然是去取我蒸的饭。

　　那个场面真是壮观！

　　浓浓的蒸汽从巨大的饭箱里滋出来，像火箭发射升空前一样。所有等在饭箱前的人都被吞没在白色蒸汽中，谁也看不见谁。

一位戴着手套，拿着扳手的叔叔走到饭箱前，一下，两下，三下，"哗"的一声，饭箱门打开了，滚滚蒸汽倾泻而出。我勇敢地迎着蒸汽，挤在大人们中间，向饭箱冲去，生怕别人拿走我家的饭锅。

米饭一蒸，满满地涨在钢精锅里。去的时候需要两手端着锅，回来的时候一只手拎着锅就可以了。

我拎起饭锅，直奔包大大家，去取姥爷的报纸《参考消息》。

因为爸爸是工程师，所以我们家才有资格订《参考消息》。

那会儿，人们能看到的都是党报，《人民日报》《光明日报》《工人日报》……基本上都是国内的消息，唯一能够了解到世界上所发生的事情的报纸，就是《参考消息》。

送报纸的邮递员把整个院子的报纸，都放到住在第一排的包大大家。他家的门口挂着一个小牌子，上面写着"光荣之家"。那是因为包大大参加过抗美援朝战争，所以大家都信任他。

包大大是姥爷的花友，他家一打开门，也是满园春色。

他总是笑嘻嘻地把报纸递到我的手上。

我拎着饭锅，拿着报纸，蹦蹦跳跳地穿行在小巷子里，想着姥爷正在给我炖的红烧肉，再配上这香喷喷的米饭，"啧啧啧"，口水都要流出来了。

"姥爷，我回来了！"

"哎！饭就好！"

姥爷没了牙的嘴咧得像个小月牙。

姥爷盛菜的碟子，永远是纯白色的，不带任何花色图案。

我问姥爷："你为什么不买带花的呢？有花不是更好看吗？"

"白色的碟子才能衬托出菜的色彩和美，碟子太花，光看碟子了，菜就看不出美来了。"

姥爷把菜盛进碟子后，还会用抹布把白碟子的四边擦干净，让菜美美地待在中间。只有我们两个人吃饭，他也是这么的一丝不苟。

"饭后一袋烟，赛过活神仙。"这是姥爷最爱说的一句话。

饭后，姥爷把脸和手都洗干净了，坐到藤椅上，取出烟袋，放好烟丝，用火柴点燃烟丝，眯着眼睛，深深地吸上一口，看他那副神情，真是快要成神仙了。

过一会儿，他戴上老花眼镜，拿起放在膝盖上的《参考消息》，开始了解国内外大事。天下兴亡，匹夫有责。

看完了，姥爷让我把报纸送给邻居的路爷爷，路爷爷看过了，转给向大大，再给良顺叔叔，晚饭后，良顺叔叔拿着看了一圈的《参考消息》，又送回姥爷家，让来参加沙龙聚会的人士阅读。

有的叔叔也会把报纸拿回去，给同事或其他朋友看，但最终总会回到姥爷手里。

经历过无数人的传阅之后，它的最后一站是我的爷爷家，当然那已经是将近一周以后了，报纸也有些破损了。

一份报纸，经过这么多人的手，经过这么多人的期待，每个得到的人都如获至宝。

这就是那个年代，不易得让人心疼，可就是因为不易，才有了得到时的满足和幸福。

4 家人

半生浪迹而苦远，
鸟儿倦飞而知还。

爷爷和奶奶的结婚照

戴珍珠项链的妈妈

妈妈和爸爸

爷爷奶奶

《参考消息》是我每次去爷爷奶奶家必带的东西。

爷爷奶奶的家住在另外一个铁路大院里，跟姥爷家的大院相距不是很远，步行也就是十几分钟的路程。

爷爷是一个不苟言笑的老人。大姐二姐跟着爷爷奶奶生活，每到吃饭时间，爷爷站在门口，喊不知在哪儿玩耍的大姐时，那一声带着天津口音的"安弟"，能让全大院的人听见。

听说，从前，爷爷奶奶在南京，住的是小洋楼。

至今，家里还留着爷爷奶奶的婚纱照，那是在南京的花园饭店拍的，爷爷穿的是燕尾服，奶奶穿的是西式婚纱。这幅照片让儿时的我看了又看，爷爷真帅，奶奶真俊。

那是怎样的生活呢？对爷爷奶奶的过去，我知道得很少。

只记得奶奶说爷爷的衣服不熨过是不穿的。只记得爱照相的爷爷留下的照片里，每张都穿着不同的衣服。只记得爷爷有一天教我英文，说"伟大的"叫"great"，"生活"叫"life"。只记得姐姐曾经很神秘地告诉我：爷爷以前有手枪，一颗子弹打穿过房顶。

可是在我的儿时，爷爷永远只穿那一身洗得发白的蓝布中山装。爷爷用账本记录着用过的每一分钱，还会把米拣到一颗沙子都没有。爷爷会在夕阳中，坐在藤椅上，盼着我的到来，远远地看到我拿着报纸向他走来的时候，他会发自内心地露出难得的微笑。

那是男人的世界。即使是经历过千山万水，至今什么都不说的爷爷，还是要看《参考消息》，还是要参与到这个世界之中。

奶奶是个持家的好手。从前身披婚纱的小姐，如今烧饭做菜，缝缝补补，甚至纳鞋底、做鞋子，无所不能。

因为个子高，加上小脚和高度近视，奶奶的背驼得厉害。

奶奶曾经给我展示过她的小脚，那真是三寸金莲。过去北方的女孩子，在七八岁时就要开始裹脚，而且要一直裹着，不能放开，让骨头变形，让脚不得发育，因为大脚的姑娘是嫁不出去的。

我的奶奶是天津人，我的邻居张奶奶是唐山人，她们年纪相仿，都是北方人，所以，都缠了足。那实际上就是一双残疾了的脚，让我深为旧社会对妇女的残害愤愤不平。

小脚，高个子，近视，走起路来晃晃悠悠。那样的小脚是给不用劳动、不用出门的妇女预备的吧，可是奶奶却要每天操持家务。早晨起床，奶奶就把每个人的漱口杯装上水，牙刷上挤上一点牙膏，生怕孩子自己挤多了浪费。奶奶把清贫的日子过得有滋有味，至今想起奶奶的"十样菜""蟹黄小笼包""剁椒"……我都想流口水。

奶奶很会鼓励孩子干活。每次去奶奶家，她都会拿出一分钱和水桶扁担，说如果去接井水，这一分钱就归我了。如果接自来水，两桶水正好收费一分钱。那我自然愿意辛苦一点，去接井水了。

奶奶没有上过学，不识字，所以自己看不了书，只能闲暇时翻翻我们的小人书。那会儿的小人书要么是说地主如何可恨，劳动人民如何被剥削，要么就是打日本鬼子的故事。

有一次我给爷爷送报纸，只有奶奶一个人在家。奶奶拿出了一本蒲松龄的《聊斋志异》，让我给她读。

我记得那是一个下午，奶奶坐在一张破旧的藤椅中，边做着针线活，边听我读。当读到夜里鬼变成美女，来屋子里缠住书生时，奶奶就停下了手里的活，聚精会神地盯着我，很为那位书生担心。

奶奶喜欢听爱情故事，不喜欢听纯粹的鬼故事。听到狐狸精和书生在一起追逐嬉戏的时候，会像个小姑娘似的"咯咯"地笑；再读到他们难舍难分，又不得不分开时，她还会用手绢擦擦眼角。

我读着读着，发现奶奶睡着了。我没有叫醒她，就坐在藤椅旁边的小板凳上，继续看下去。

不知过了多久，夕阳在屋子里从这边走到了那边，暖暖地照在我们俩的身上，把我们都镀上了金色，又把金色带走了。四周安静极了，可以听到奶奶均匀的呼吸声，我突然听见奶奶好像在自己跟自己说话：

"人这一辈子，真像是做了一场梦。"

一直到今天，我都在想，那个下午，奶奶做了一个怎样的梦，让目不识丁的她，说出了这样一句有深意的话？

有一年，我跟二姐在法国小城尼斯的海边度假，想到小脚的奶奶在炮火中逃难的情景，泪流满面地跟二姐讲起我所知道的奶奶的故事时，才知道那本《聊斋志异》原来是我和奶奶之间的一个秘密，谁也不知道。

我又去找大姐求证，她是跟奶奶最近最近的。她也不知道。她还说，家里根本就没有这本书。难道那个情景是我臆想出来的？难道《聊斋志异》从来就没有出现过？

无论如何我都记得，我是多么愿意给奶奶读《聊斋志异》啊，因为只有在那个时刻，我才觉得跟并不熟悉的奶奶的心贴在了一块儿，而奶奶那会儿对我也是最温存、最慈祥的。

那为什么跟奶奶朝夕相处的两个姐姐，会全然不知道这回事呢？甚至《聊斋志异》这本书都没存在过。

难道是因为我不跟奶奶生活在一起，奶奶才会对我展露出她的另一面，而在姐姐们的面前，她仍然要保持奶奶的威严？

姥爷和爷爷奶奶平时没有什么来往，姥爷每年只去爷爷奶奶家看望他们一次，就是大年初二。爸爸从新疆回来探亲的时候，爷爷就搬到姥爷家来住上几天，给爸爸妈妈腾房子。

爷爷看到姥爷跟前跟后地喂我吃饭，就大声说："让她自己吃！"

夏天的夜晚，爷爷看到姥爷夜里几乎不怎么睡觉，不停地给我扇扇子，就大声地嚷嚷："让她自己扇！"

爷爷的干预，自然让比他年长许多的姥爷很不舒服。后来，姥爷经常学着爷爷的口气，表演给我看爷爷是多么严厉，而他自己又是多么慈祥与无奈。

大姐

　　"安第"是大姐的乳名，一直被叫到六岁。

　　有了我以后，爷爷才给大姐起了一个很女孩的名字：文娟。

　　后来，大姐见到了我们的一个叫 Andy 的美国朋友，异常兴奋地拉着人家的手，用汉语说：

　　"我们虽然不是一个国家的人，但我们俩的名字一样啊。"

　　大姐小的时候不常带妹妹玩，喜欢跟比她年长许多的姑姑们玩，弄得我跟二姐都很失落。

　　有时候我们也想蹭着跟她们一起玩，但却不知道该玩些什么，百无聊赖中姑姑说：

　　"我来给你梳头吧。"

　　这下我可高兴坏了，立刻搬个小凳子，乖乖地坐在姑姑身前，递上梳子，闭上双眼。

　　突然，我感觉自己的头发被毫不留情地连根拔起，疼得龇牙咧嘴，眼泪瞬间就流了下来。但也不敢出声，不敢叫，生怕姑姑不高兴，以后再也不带我们玩了。

这是在爷爷奶奶的家，我得老实点儿，因为这儿不是我的地盘，要是到了姥爷家，我可没那么好欺负。

通常姐姐们到了姥爷家，都会很巴结我，不然，我的一句"回你们自己家去"，就让她们灰溜溜地走了。

我们心里对"地盘"分得很清楚。"你家"是"你家"，"我家"是"我家"。直到现在，我们姐妹仨在一起说话，还会在爸爸、妈妈的前面加上"我"，一个说"我爸"，一个说"我妈"，弄得旁边的人以为我们不是一个爸妈生的。

大姐来的第一件事就是爬到放点心糖果的架子上，打开点心盒子狂吃，让我心疼不已。那可是属于我和姥爷的呀。可是我又不敢说什么，否则就会受到惩罚。

有一次，大姐和二姐密谋好，趁姥爷下午出门洗澡，她们俩用绳子把我绑起来，还在嘴里塞上布，就像那个时期的电影里对付汉奸的做法。我也很像戏里的人物，一边负隅顽抗，一边像鸽子一样喉咙里发出"咕噜"声，最后筋疲力尽地躺在地上。

我一边看着两个姐姐大吃着我和姥爷的点心和糖果，一边在心里想：有本事别放开我，等姥爷回来，看姥爷怎么收拾你们。

估计姥爷洗澡快回来了，她们开始给我松绑。一边松绑，一边还威胁我："不许跟姥爷说，否则下次要更加严厉地惩罚你。"

我可顾不了下次了，从姥爷进门那一瞬间，我就开始号啕大哭。两个姐姐，你看看我，我看看你，知道大祸临头了。

还是老规矩，姥爷让她们自己去拿戒尺，每人打手心三下，并郑重告诫：

"以后，再也不许欺负妹妹了！"

可是在三个姊妹里，大姐最喜欢的是我，最器重的也是我。

大姐爱写诗，小时候写的第一首"诗"就是送给我的：

我们家的小文丽，

天真可爱又美丽；

说起话来响叮当，

做起事来真麻利。

啊！

当黎明的时候，

她像快乐的小鸟飞向学校；

当晚霞降临的时候，

她如欢快的小燕奔向体操房……

我只能记得这些了。可是我想，姐姐一定是过于夸奖我了。

我小的时候，说话结巴，所以就很少开口，怎么会"说话响叮当"？我小的时候，因为姥爷的宠爱，在家几乎不用做什么事，不像姐姐又得挑水又得做饭，怎么会"麻利"？

为什么折磨了我，又写诗赞美我？

姐姐对我，那真是爱和嫉妒、恨交织在一起了吧。

嫉妒我在姥爷家受宠。恨我最小，爸妈对我更偏爱。爱，我又是她最小的妹妹，那是来自血液里的爱。也因为这爱，而放飞了她对我的理想，希望我像小鸟，像燕子一样展翅飞翔。

老话说：长兄如父，长姊若母。

记得十岁那年，有一天，大姐让我跟她走，去她同学的姐姐家，说是有个部队文工团来招舞蹈演员，而她同学的姐夫曾是那个文工团的，今晚，来招生的人在他家里聚餐。

部队文工团是个什么样？谁也没见过。

只知道奶奶住的大院里，有个漂亮姐姐被一个部队文工团录取了，每次放假回来，那一身军装就羡煞了所有的女孩，大家像望着天上的月亮一样望着她。

从此，比我大四岁的姐姐，便像个妈妈一样，考虑起了我的未来。

她认为这次是个绝好的机会，更何况还有她同学的这层关系。

于是，她把自己最漂亮的衣服借给我穿，那双绝对不会让二姐碰一碰的皮鞋也借给了我，直到把我打扮成她心目中的"小公主"模样，端详了半天，满意了，才拉着我的手出门。

一路上，十四岁的大姐像个妈妈一样，对我百般叮嘱：怎么站，怎么笑，怎么回答问题……她越说我越紧张，越害怕，就快成一个提线木偶了。

进了院子，看见几个穿着军装的军人，正谈笑风生，我们两个小孩子进去，没有引起任何人的注意。

我们在院子里四顾茫然地站了半天，才看到同学的姐姐从屋里出来，大姐连忙迎上去，把我介绍给她。然后那位大姐姐走到其中一位军人面前，指了指我们俩，低声耳语了几句，军人便向我走过来。我紧张地想着大姐刚才的叮嘱，努力想按她说的做，却力不从心，表情也很不自然，笑得像哭一样。

　　军人让我把双臂平举起来，又捏了捏我的肩膀，然后转过身去，说了一句：

　　"胳膊太长了。"

　　后来又说了些什么？我们是怎么离开那里的？我都不记得了。只有那句"胳膊太长了"，一直在脑子里挥之不去，以至于往后的十几年里，我都认为自己的胳膊比例不对，有残疾。

　　对于没有被选上，我是非常开心和庆幸的。回到家，姥爷看着哗哗流泪的姐姐和欢天喜地的我，莫名其妙，以为这回是我欺负了姐姐。问清缘由之后，姥爷便和我一样欢天喜地了：

　　"去文工团干吗？在姥爷身边待着比去哪儿都好！"

　　姥爷不爱姐姐吗？

　　姥爷曾经因为那个卖假枸杞的冯叔叔栽赃姐姐偷了假山上的一块石头而打了姐姐，难过得半年都不怎么说话。在这半年里，他见到姐姐，就像个做错事的孩子一样。

　　姥爷也从不因姐姐把点心都吃了而说过任何的话。

　　至今跟姐姐一起回忆姥爷，姐姐都无比深情地说："从没觉得姥爷对我不好。姥爷是我们家所有人当中活得最明白、最旷达、最有境界的一位老人，我们都得向姥爷学习。"

大姐现在是我的经纪人，她依然像小时候一样安排着我的未来。一九八八年，考北京电影学院的时候，我的台词老师是大姐，我的歌唱老师是大姐，我的舞蹈老师是大姐的朋友。

很久没有回到话剧舞台的我，在演出话剧《让我牵着你的手》时，大姐每场必看，每看必哭，看后还做笔记：这个字发音不对，那个段落感情可以再充沛些……

二姐

二姐乳名"全第"，学名"文媛"。

从小我和大姐的很多自卑感，都是因为这个二姐"全第"。

她是我们姐妹三个里最漂亮的。不光是在我们家，在我们周围的小区、同学、邻居、朋友中间，她都是最漂亮的小姑娘，走到哪里，回头率都是百分之百。

她长得不太像中国小孩，倒像个洋娃娃。就因为有她，我和大姐原本长得也不差，可从没被人夸奖过。

不知道是不是所有家庭里的老二都有些被忽视，尽管这个老二很美。

二姐虽然漂亮，是爸爸心中的最爱，无奈爸爸远在新疆。奶奶宠大姐，姥爷宠我，爷爷不太问事，小可怜"全第"就在两个家里来回转悠。

二姐爱嗑瓜子。

奶奶奖励的，姥爷给的那一点点零花钱，都被二姐贡献给了小卖部。

姥爷每天都要喝鸡汤，可是妈妈上夜班的那个早晨，不能回来那么早，我又小，怎么办？二姐就主动要求替姥爷买鸡汤，并且在妈妈上夜班的那个晚上，搬到姥爷家来住。

其实我们都知道，她甘愿这么两头折腾，跑来跑去，就是为了早晨能喝上一口姥爷的鸡汤。每逢她来，姥爷都会买几个小笼包子，回来犒赏她。她心满意足，什么辛苦和委屈便都不在话下。

有一次，不知为什么事，二姐和妈妈发生了争执。她一气之下写了个保证书，贴在奶奶家的门后：

"人要有志气，不去就不去。"

可是不出几天，鸡汤和小笼包子的诱惑，又让她回到了姥爷家。

有一次，二姐不小心把姥爷的茶壶嘴碰掉了，她很怕被姥爷打，就把碰掉了的茶壶嘴偷偷藏了起来。

姥爷发现他心爱的茶壶没有嘴了，就问我和二姐怎么回事，到底是谁把茶壶嘴打掉了？我们俩谁都不承认，都说不知道壶嘴怎么没了。

姥爷从口袋里掏出两分钱，放到桌子上，说谁要是能把茶壶嘴找到，这两分钱就归谁。

二姐立刻拉开桌子底下的抽屉，从一个角落里拿出用纸包着的那个被碰掉了的茶壶嘴，双手递给姥爷，眼睛里满是得意："姥爷，在这儿呢。"

姥爷看看壶嘴，看看二姐，说："把戒尺拿来。"

二姐好静，喜欢读书，是我们三姐妹里成绩最好的，最终毕业于北京大学。

爱读书这点，她跟爸爸很像。

爸爸从新疆调回来以后，在奶奶家附近租了一间小房子。现在想想，爸爸真的很时髦，二十世纪七十年代就开始租房子了。他还自己画图，请人帮忙打了一套捷克式的家具。家具是深咖啡色，线条简约，吸引了很多准备结婚的年轻人去观摩。

爸爸还用工厂里废弃的包装机床的木板，钉了一个顶天立地的书架，上面放满了书。这对二姐来说，实在太有吸引力了！每次有机会去小屋，她就坐在书架旁，如饥似渴地看书。下面的看完了，就搭板凳爬到上面去拿。那个书架毕竟是木板条钉的，不是很牢固，有一次，二姐连人带书跟着书架一起倒了下来。

二姐吓坏了，知道闯了大祸，可没想到，爸爸不但没有责怪，反而把小屋的钥匙交给了她，让她随时可以去看书。

二姐自从有了这个特权，在我们面前扬眉吐气了许多。

我也很好奇爸爸的捷克式家具和书架到底"长"什么样，为了能看到，我只能特别地讨好二姐，希望她能帮我开门，带我进去参观。

这一天，终于被我盼到了。

我看到了那个传说中的书架，好家伙，顶天立地，整整一面墙。书架上的书五花八门，有中国的，也有外国的。我很纳闷，爸爸从哪儿弄来那么多的书呀？

二姐说，她只喜欢看外国小说，尤其是爱情小说。有一本《红与黑》特别好看。我无心跟她研讨书籍，直奔里屋，去参观那套捷克式家具。

深咖啡色的双人床放在一面墙的中间，旁边是两个同样颜色和款式的床头柜，线条简洁，很现代。在那个简朴到一块木板就是床的年代，我还真没见过这么漂亮的家具。

旁边那面墙的中央立着一个五斗橱，好像还有一件什么家具，我记不太清楚了。在墙皮都快要剥落的窑洞一样的小屋里，一套极简的咖啡色的捷克式家具熠熠发光，就是用现在的眼光来看，也绝不过时。

二姐拉开一个床头柜的抽屉，从里面取出了一个小东西，很神秘地叫我过去看。我心里觉得她不应该动爸爸的东西，但还是忍不住过去看了。

那是一个塑料包装的正方形的小袋，上面什么标记都没有，二姐问我：

"知道这个是干什么用的吗？"

我瞪着一双无知的眼睛摇摇头。

她压低了声音说：

"这个是爸爸和妈妈做不好的事情的时候用的。"

我大为意外："什么？爸爸和妈妈还会做不好的事情？不可能！"

那会是什么事情呢？二姐也说不清楚，隐隐地透露出好像是男人和女人之间的事情。

在我心目中，爸爸妈妈就是爸爸妈妈，是保护我们、教育我们、爱我们的人，我从来都没有从他们个人或者男人和女人的角度去想过他们。那天，在爸爸的小屋里，我的心里第一次，对"男人和女人"产生了一种神秘而幽暗的感觉。

从那以后，我开始"监视"起妈妈来了。

起夜的时候，我会特意地跑到妈妈住的客厅门口，去看看她还在不在。窗前的月光下，如果她正在熟睡，我就放心了——妈妈没有去爸爸那儿，没有去做"坏事情"。

可是当我看到小床上空空的，心里就很难过。

有时候，我会磨磨蹭蹭不睡觉，等妈妈梳洗完毕，准备出门的时候，我就堵在门口，故意问她：

"这么晚了去哪儿？"

妈妈的脸一下子就红了，像个做错了事的孩子，羞涩地埋下头，低声说：

"都是你爸，非让我过去。"

妈妈在我幽怨的眼神中，惴惴不安地走了。我的心里突然充满了对爸爸的"恨"，他把我的妈妈夺走了。

爸爸妈妈

姥爷的四个孩子里，只活了妈妈一个。

因为妈妈的存在，姥爷才在舅舅去世后，没有像他想的那样，也跟着走了。心肝宝贝的妈妈被姥爷捧在手心里长大。

如果说我从出生到十三岁，一直待在姥爷身边，被姥爷照顾着，那妈妈从出生到四十多岁，都一直待在姥爷身边，从没离开过一步。可想而知，妈妈被姥爷宠成什么样了。

家务事都是姥爷做，从买菜、洗菜、做饭，到打扫卫生，除了洗衣服是妈妈的活儿，姥爷几乎承担了所有家务。再加上妈妈在二十多岁时也得了"肺结核"，姥爷更不敢让妈妈累着。

爸爸和妈妈，都是二十世纪五十年代初考入铁路系统的，是新中国的第一批铁路职工。

怀着对新生活的向往，他们一起参加了铁路职工运动会。爸爸撑竿跳高，妈妈短跑。那时他们彼此还不认识，但是两个人的身影留在了同一张运动会的合影上。

他们还一起参加铁路文艺汇演，妈妈跳"采茶捕蝶"舞，爸爸参加合唱——苏联歌曲《共青团员之歌》。演出结束后的集体合影上，又留下了两个人的身影。

这就叫缘分吧。

妈妈在众多的求爱信中，看到了一封只有七个字的信：

我想和你交朋友。

妈妈回了三个字：

我同意。

很喜欢一段话："于千万人之中，遇见你所遇见的人；于千万年之中，时间无涯的荒野里，没有早一步，也没有晚一步，刚巧赶上了，那也没有别的话好说，唯有轻轻问一声：噢，原来你也在这里呀。"

张爱玲的苍茫之语，正契合了爸爸妈妈这十个字的姻缘。也就是这十个字的承诺，让他们承载了日后长期两地分居的艰难和痛苦，让他们经历了二十多年的"运动"，却始终信守不渝。

这是今天的人们，很难想象也很难做到的。

在他们十个字确立了朋友关系之后的一年，也就是一九五六年，爸爸带着赡养父母的责任，带着建设边疆的梦想，当然也是工作的需要，去了新疆。

从安徽到新疆是个什么概念呢？就是要连着坐三天四夜的火车。两个连手都没拉过的年轻人，靠着通信，靠着思念联系着，从不想那现实的问题，比如将来能不能调回来？调不回来怎么办？爸爸家里兄弟姊妹几个人？父母有没有工作，家庭负担重不重……

什么都不想，就只认那十个字的死理。

我曾在妈妈的抽屉里，看到过一个小本子。

小本子的第一页，是爸爸隽美的字体：

给素琴。

弟　培基

1956 年

对爸爸和妈妈的各种猜想，开始在我小小的心灵里展开。这两个身为我父母的人，在我看不懂的爸爸所写的情诗里，成了两个陌生人。

这真是一个好姑娘

整洁、诚实、质朴、俏丽

最好的女人正该是这样——

美好贞洁

1954 年和姐姐初相识时

这年轻姑娘的眼睛

岂不郁郁地向着我荡漾

啊！那爱情的沉默的语言

那内心的脉脉含情

流入我沾沾自喜的心

我的起居和梦寐全都有着她的份

　　妈妈有一张很美很美的照片，头发端庄地盘起，戴着一条洁白的珍珠项链。妈妈说，项链是跟同事借的。她把这张照片寄给了远在新疆的爸爸，爸爸则在背面，郑重地写下了引自俄国文豪契诃夫的一段文字：

人的一切都应该是美好的

无论是外表，衣裳，心灵

还是思想，在这一点上

我的妻，是我理想的化身

　　理想主义的爸爸，一生都在把妈妈理想化。

世上的人

谁也不能和我相比

在幸福的王国里

我是皇帝

天啊！你们知道吗——

有这样一个好姑娘

将要是我的爱人！

初恋时

在爸爸给妈妈写情诗的期间，妈妈也得了那个家族病——肺结核！

可能大多数人在这个时候都会被吓跑，但爸爸并没有转身离去。相反，他更有了一份责任感，觉得这不仅仅是一份爱情，更是需要用一生来相守的伴侣。

他要跟妈妈一起度过这人生的劫难，他要用诗歌和爱情让妈妈感受人间的温暖。

我一直幻想着的

美丽纯洁的爱情

现在实现了

今后我们在一起

将永远是一刻千金

对我们来说，任何时候

也不会出现苍老的心境

我们要永远做一对

终身伴侣

我们要永远像初恋时

那样钟情

1957 年 10 月

最近我变得

特别自尊自重了

我常这样对自己说：

要努力啊！要勤奋啊！

现在不能和从前比了

现在的责任加倍的大了

肩上负着的是

两个人的命运了

1958 年 6 月

也许是被爸爸感动了，因为肺病而决心不结婚的妈妈，在他们二十七岁的时候，决定把十字承诺落实到结婚证上。

老话说："百善孝为先。"

在妈妈的心中，她的父亲永远是第一位的。

"不能让父亲生气。""不能让父亲因为没有钱着急。"妈妈从十七岁参加工作一直到退休，都没有为自己买过一块手表，每个月发了工资就全部交给姥爷，一分零花钱都不留。每天早晨拎着篮子去给姥爷买鸡汤，风雨无阻。街坊邻居只要提到妈妈，没有不竖起大拇指的。

妈妈因为姥爷，没有跟着爸爸一起去新疆。那会儿，支援边疆的人大都带着妻子、孩子和父母一起去，但是姥爷的年纪太大了，妈妈怕姥爷受不了边疆的艰苦生活，又不忍心把父亲丢在家乡，唯一的办法就是跟爸爸分居两地。

姥爷心里很清楚女儿和女婿分居两地之苦，看到妈妈跟爸爸生气，他总是劝妈妈："培基是让着你。"

小时候经常听姥爷念叨爸爸。

"你爸爸不容易，自己一个人在新疆，条件那么艰苦。"

"有多艰苦呢？"

"一阵风刮过来，绿皮车厢就变成红色了。"

"为什么是红色的？"

"只剩下防锈漆了。"

爸爸在新疆工作了十五年，在我六岁的时候，他终于从新疆调回来了。据说五十年代去新疆的那批铁路建设者里，只有为数不多的人离开了新疆，其中就有我的爸爸。

十五年间，爸爸每年都把一年来对家人、对妻子的思念化作力量，忍受着三天四夜硬座火车的长途跋涉，在短短十五天的探亲假里，享受着他人生中最美好的时光。

一向只有老人、女人和孩子的家里，突然来了一个男人，让我叫他爸爸。而且，他总是看不惯我，说我浑身上下都是被姥爷惯出来的毛病，这也不对，那也不对。

还有，爸爸有时会把妈妈带走，带到他的小屋去，这也让我不能接受，妈妈原来是属于我的。

爸爸一回来，我原本自由自在的日子便多了很多约束。

爸爸每天晚饭后都会来姥爷家，一是因为妈妈在姥爷家，二是因为姥爷家有"裴多菲俱乐部"，志同道合的人聚在这里，探讨国家的命运和未来。那是个男人的世界，充满理想和热血——男人，是要集国家与民族大义于一身的。

先天下之忧而忧，后天下之乐而乐。

爸爸的理想是：安得广厦千万间，大庇天下寒士俱欢颜，风雨不动安如山。

5 记忆

人的记忆，常常是由一幅幅的画面组成的。

姥爷的盆景

三姐妹

扎辫子的我

过年

每个大年初一的早晨，还在梦中的我，都会被前来拜年的人吵醒。

"唐大爷，给您拜年来了！"

"唐爷爷，过年好！"

姥爷也会一迭声儿地回应：

"也给您拜年喽！来，抽根烟，吃糖……"

正是一年中最冷的时候，我赖在被窝里，等姥爷给我拿衣服。可姥爷在外面跟人聊上了，我又急着起来去邻居家拜年，就大声地喊：

"姥爷，我要起来！"

不一会儿，姥爷就抱着烤得热乎乎的棉袄棉裤进来了。我也像冲锋陷阵一样，运足了气，以最快的速度跃出被窝，再钻进暖烘烘的棉袄棉裤里。

那真是一年里最快乐的一天。

现在的孩子们，无法体会在物质匮乏的二十世纪七十年代，过年，对我们来说意味着什么。

你可能会在这天早晨，看到床头放着一件这一年里唯一的新衣服。我在家里最小，上面又是两个姐姐，总是拾她们的旧衣服，所以连这点奢望都没有。

你一定会在这几天，乃至这以后的一两周里，吃到一年来最好最丰盛的食物和糖果。

你还会去所有的邻居家拜年，即便有些邻居你平时理也不理，可是在这一天，你也会敲开他家的门，送上一个大大的微笑和一句"过年好"，然后就到他家的桌子上去抓糖、瓜子、麻叶子……

麻叶子是我最喜欢的食物，其实就是用面片粘上芝麻在油里炸一下，有咸味的，也有甜味的。

我们家从来不做，嫌费油。

嫌费油的人家不算少，所以我挨家挨户地拜年，主要是寻找麻叶子。遇到谁家有麻叶子，便欣喜若狂，期待人家能多给几片；也有大方的邻居，让我自己抓，那也不好意思多抓，抓了几片，眼睛还不舍得离开；更有好心的叔叔阿姨会帮我补上几片，那心里真是乐开了花。

当我带着战利品回家的时候，姥爷也已穿戴一新，正用毛刷子仔细地刷他的呢子帽。刷干净后，再用墨汁把泛白的地方涂黑，这样一收拾，就完全像是一顶新帽子了。

然后，姥爷再换另一把刷子，把鞋子也刷一刷。同样，用墨汁点一点，涂一涂发白的地方，一双新鞋子又有了。

准备停当，姥爷对着镜子把帽子戴正，风纪扣扣好了，拿起他的文明杖，拎起早就准备好的两包鸡蛋糕，带上我，去给他的亲家——我的爷爷奶奶拜年。

一路上尽是姥爷的熟人。

"唐大爷！"

"唐总管！"

"唐爷爷！"

"唐大车！"

因年龄和职位不同，对姥爷的称呼也不同。

姥爷也不停地跟人打着招呼，拜着年。

过年了，大家都喜气洋洋。这么崭新的一个姥爷，在一年里也是少有的。

我们俩一前一后，点着同样的头，说着同样的话，踩着零星的炮仗声，开始了每年一次的拜访活动。

爷爷奶奶也早已准备好了中午的团圆饭。

奶奶会提前一个月开始腌肉、腌蛋，把鱼风干，做"十样菜"。在当时的经济条件下，一向省吃俭用的奶奶就像变戏法一样，给我们变出来无数平时连想都不敢想的好吃的东西。

我总觉得，现在过年没了小时候的乐趣。

那会儿，全家一起忙乎吃的，把一年所有的积蓄都花在吃上了。

那个时候没有超市，没有冰箱，所以鱼呀、肉呀都不能久放，得用盐腌上。而且，没有加工好的食品，所有吃的都得自己做，可是乐趣也就在做的过程中了。带着全年的期盼，带着对新的一年的向往，每一样东西都是精心的，每一个细节都是仔细揣摩过的，家家的过年菜都堪称自家的精品。

奶奶的"十样菜"就是其中之一。

奶奶曾让我帮她打下手，一起来做这道功夫菜，所以至今还记得。

说是"十样菜"，其实，里面有二十多种原料。先把花生米、黄豆、红豆等豆类煮好，再把藕、豆腐干、木耳、金针菇、菠菜、海带、雪里蕻、芹菜、豆角等十多样品种切丝或切丁，配上葱姜，逐个下锅，炒出独特的香味。炒好以后将它们在锅中汇总，再倒入之前已煮好的各种豆类。那是一个多么巨大的炒锅啊，我的细胳膊根本就翻不动这么多的东西。可是，这是每年我最喜欢吃的一道菜，而且只有春节才有机会做，所以，无论多么困难都得克服。我就像个大食堂的厨师一样，恨不能拿个铁锹铲菜了。

从大年初一开始，往后的两个星期家家都不再做饭。为了这张总也解不了馋的嘴，忙乎了一年吃的中国人，要给自己放假了。所以，过年前要多做点儿，所有吃食都要准备充足。

在这一年一度的家庭聚会上，姥爷通常会跟爷爷先喝点茶，寒暄一番，奶奶则迈着小脚飞奔，里里外外地炒菜端菜。

饭做好了，爷爷奶奶和姥爷坐在大桌子边，我们三个小孩子坐在小桌子边，依照中国的传统习俗，小孩子是不可以跟长辈同桌吃饭的。

不知道为什么，在我的记忆里，这顿正式而庄严的午餐里是没有爸爸和妈妈的，妈妈是加班去了？去挣那多一倍的加班费？那爸爸呢？还没从新疆调回来？

如同今天的孩子一样，父母都忙，所以记忆里留下来的，都是那永远在家里的不忙的老人们。

吃罢饭，饭桌清理干净，最最激动人心的时刻到来了。

爷爷奶奶坐在桌子的一边，姥爷坐在另一边，他们的手里都拿着崭新的钞票。我们姊妹三个，一字排开，面向三位老人跪下磕头，集体给姥爷和爷爷奶奶拜年，祝福他们长命百岁。

三个没牙的老人都咧着嘴笑着，就连平时难得一笑的爷爷，此刻也是那么地和蔼慈祥。

爷爷奶奶给我们每个孩子两元钱，姥爷给我们每人五元钱。

七元钱，在那个年代，真是富翁了。心里盘算一下，可以买多少好吃的零食啊。

我们都爱姥爷，因为他慷慨；我们也都爱爷爷奶奶，因为我们知道，爷爷奶奶不像姥爷有退休金，他们要靠爸爸赡养。

可是慷慨的姥爷，不也要用墨汁来掩盖他的清贫吗？不也舍不得做麻叶子吗？

每到过年前，都有邻居把自家做的咸鱼咸肉挂到我们家的小院子里，过年时再来取。因为我们家是独门独院，东西放在这里比较安全，更多的还是对姥爷的信任。

姥爷指着这些挂在铁丝上的咸鱼咸肉，笑嘻嘻地对我说：

"它们替我们家显富呢。"

花棉袄

在那个"艰苦朴素光荣"的年代，我从没有因为穿姐姐们的旧衣服而不开心。

记得有一次因为穿了一条膝盖上带补丁的裤子被老师表扬了，回来便让妈妈把我所有的裤子都打上了补丁。

可是到了新年，还是渴望有一件新衣服的。

我曾无数次地幻想，大年初一的早晨，醒来，我的枕边放着崭新的衣服，红的、花的。

可是……

终于有一年，妈妈决定给我做一件新棉袄。可能是因为大姐的棉袄穿到二姐再轮到我，已经不那么暖和了。

妈妈跟姥爷商量，姥爷点头同意，但有一个要求：不要红颜色，不要太花。

为什么不能是红颜色？那可是每个女孩子都喜欢的颜色啊！可是我不敢反对，生怕一反对，连做新棉袄的机会都没有了。

盼星星盼月亮，直盼到有一天，妈妈带回来一块淡蓝底子小白花的布，很素雅。姥爷表示满意，我，欣喜若狂。

我天天把花布放在枕头边睡觉，唯恐它一转眼不见了。后来，妈妈买回了新棉花；再后来，妈妈把布和棉花都送到邻居张奶奶家，请她帮着做。

我几乎每天放学后都去张奶奶家，"视察"新棉袄的进度。今天多了个袖子，明天多了个领子。我心急如焚，又不知如何表现，就不停地帮张奶奶提水、扫地。

终于，新棉袄做好了，我又舍不得穿，生怕破坏了它的"新"，只盼着大年初一早些到来。

年三十的晚上，很多小朋友已经迫不及待穿上新衣服在外面玩了，我可舍不得穿。那是我的第一件新棉袄，一定要坚持住，等到大年初一的早晨再穿。

那天晚上，妈妈又如同往年一样，跟姥爷一起做好了一桌饭菜，等姥爷的朋友们到齐，就去上夜班了。

我吃饱了，跑出去跟院子里的小朋友们一起玩捉迷藏的游戏。

不同年代的孩子们玩的游戏，都带着不同年代的印记。那时候的捉迷藏是"抓地主"。"手心手背"之后，院子里的一个小男孩和我成了"地主"和"地主婆"。

他拉着我就跑，其他的小朋友在漆黑的巷子里找我们。

我们跑到了一个很难被人发现的角落。其他的孩子们从前面跑过，居然没有发现我们，我悄悄地说：

"我们走吧。"

"再等等，他们还会回来的。"

天，开始下雪了，雪花落在了我的脸上。我突然想起我的新棉袄，它是否安然无恙？想到这儿，我猛地挣脱开他的手，转眼消失在了黑暗中。

回到家里，姥爷的朋友们已经散去。我把新棉袄从柜子里取出来，庄重地放到枕边，看着它，安然地睡去，等待着新年的到来。

一觉醒来，枕边的新棉袄没了。

"姥爷——"

我尖利的嗓门儿像火车开过一样刺耳。

话音刚落，就见姥爷掐着新棉袄的领口和袖口走了进来，生怕刚烤过的热乎气跑了。我几乎像弹簧一样从床上弹起来，当胳膊伸进热乎乎的袖子时，新鲜棉花散发出的温暖和馨香像云彩把我包裹，我的心也像是飞了起来。

天蓝的底和白色的花，多么像天空和云彩啊。再看窗外，洁白一片，昨晚下了一夜的雪，是为了衬托我的棉袄吗？为了让我更加有在空中飞翔、云上游走的感觉吗？

不待姥爷催促，我已洗漱完毕，往嘴里塞了几口吃的，就迫不及待地要冲到雪地里，向小朋友们展示我的新装。

通常穿棉袄，外面是需要套一件罩衫的，因为棉袄不能洗。可是家家户户布票都有限，做了棉袄，就没有钱和布票再做新罩衫了，我又怎么愿意在新棉袄的外面套一件旧罩衫呢？

几番争执之下，我的眼泪征服了姥爷，我穿着新棉袄飞奔而去。

可能是太高兴了，太想让所有人都看到我的新棉袄，夸奖我的新装好看了，直到中午我都还不想回家。

中午的阳光暖融融的。我眯着眼睛，透过睫毛的缝隙看太阳，我伸出手对着太阳，红色光线透过指缝钻出来，仿佛手是透明的一样。我惬意地享受着冬日的阳光，享受着新装带来的愉悦的心情。

雪渐渐地化了。

所有的小朋友都回家吃午饭了，我万般不舍地迈开我的双腿，准备结束这个盛装的早晨。不知是因为眼睛被太阳光照花了，还是脚被冻麻了，我的身体突然失去了平衡，一下子扑倒在融化了的雪地上。

倒地的瞬间，我本能地用双手撑着地，来保护我的新棉袄。并且不顾疼痛，说时迟那时快，一骨碌爬起来。

低头一看，棉袄的上半截完好无损，但是前襟的下摆处，却沾上了一大块湿泥。

"哇——"

比汽笛声还要响亮，我大哭起来。

为什么？凭什么？偏偏是我的这件新棉袄？

我一路哭着回到了家，也不跟姥爷说明缘由，脱了棉袄，趴在床上接着哭，好像世界末日到来了一样。

人生的意义有时会很大，有时会很小。像这个时刻，这么不容易得到的一件新棉袄，却被自己弄脏了，真的觉得人生都毫无意义了。

哭了停，停了又哭，所有的委屈好像都借着棉袄倾泻而出。不知过了多久，发现四周很安静，姥爷呢？他去谁家拜年了？他把伤心的我丢在家里了？

我抹了把脸，打开卧室的门。

阳光中，烟囱炉子旁，姥爷戴着老花眼镜，托着我的棉袄，在炉火上烤，边烤边用小刷子一点一点地把泥刷掉。看我出来了，姥爷笑嘻嘻地把棉袄举起来，泥巴已经被刷掉了，只有一点点泥印子。

人的记忆常常是由一幅幅的画面组成的。在姥爷去世后的很多个冬天，每当我穿上那件棉袄，炉火边仔细刷泥巴的姥爷便清晰地浮现在我的眼前。那件棉袄我穿了很多年，前襟的下摆上，也一直有一块刷不掉的泥印子，每当看到那个泥印子，我便泪水涟涟。

补丁胶鞋

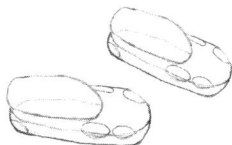

　　有一次，我跟妈妈一起整理家里的老照片，发现所有的照片里，姥爷都穿着胶鞋。

　　我问妈妈："姥爷就只有这一双鞋吗？"

　　妈妈说："姥爷有一双胶鞋，一双布鞋，还有一双棉鞋。"

　　我好奇地问："那为什么照片里姥爷只穿胶鞋呢？"

　　妈妈说："布鞋和棉鞋的底子都是布的，不禁穿，也不好洗，姥爷要浇花，基本上天天都穿胶鞋。"

　　一年到头天天穿胶鞋，再结实也会磨坏。

　　好在姥爷是个补鞋能手，他的胶鞋上，全是自己打的补丁。

　　他先用锉子，把胶鞋破损处的周边锉平，然后从报废的自行车轮胎上，剪下一小块胶皮，同样把周边锉平；再用烤热的火剪，把胶皮粘在胶鞋上，把鼓起来的部位锉下去。这样，不仔细看，还真看不出来打了补丁。

姥爷不光给自己的胶鞋打补丁，也给我的胶鞋打了很多补丁。

我的老家，让我印象最深的，就是阴雨绵绵，没完没了地下雨。

小的时候，对下雨很反感，主要是因为那满脚的泥。那会儿，柏油马路很少，大部分都是泥土路面，下起雨来，就是一条泥街。

我穿的是从姐姐那儿淘汰下来的旧胶鞋，有点大，又是低帮的，"拖拉拖拉"地走路，把裤子上带得全是泥。胶鞋上的补丁也让我的虚荣心很受挫折，便盼望着别下雨。

可是，天要下雨，谁能管得了？尤其是梅雨季节，天天都下雨。

就像期待着新衣服一样，我奢望着有一天，自己能有一双崭新的高帮胶鞋，穿着多神气。日子一天天地过去，雨还是一天天地下，打着补丁的旧胶鞋还是一天天地穿。

有一次，正上着课，天突然黑下来，转眼下起了倾盆大雨。没多久，教室门口出现两位老人，坐在我前面的女同学的奶奶和我的姥爷。

两位老人都拿着雨伞和胶鞋。不同的是，那个奶奶拿的是黑布雨伞和一双崭新的高帮胶鞋，而我的姥爷，拿着一把油布雨伞和一双打着补丁的低帮胶鞋。全班同学都盯着两位老人看，两位老人也笑嘻嘻地看着同学们。

老师问："这是哪位同学的家长？快去把东西领了。"

那个女生立刻跑过去，把雨伞和胶鞋领了回来，她的奶奶走了。

我在座位上没有动弹，把头埋得很低。

老师又发话了："是哪位同学啊，快一点，别耽误上课。"

我抬起头来，看见姥爷正慈祥地望着我，把胶鞋和雨伞都举起来，向我示意。

天啊，我还不够难看吗？我赶紧跑过去，一把抓住胶鞋和雨伞，生怕姥爷继续这么举着，让同学们都看见那双打了很多补丁的胶鞋。

那双胶鞋我穿了很多年。鞋子越来越小，补丁越来越多。终于等到穿不上了，换了一双，还是姐姐淘汰给我的打着补丁的低帮旧胶鞋。

姥爷对朋友那么慷慨大方，烟酒茶糖从不短缺，为什么就不肯给自己、给我买一双新的胶鞋呢？这是我久久想不明白的事情。

离开家乡二十多年的我，没想到，最怀念的，居然是雨。

北京，成了我的第二故乡，这个巨大而干燥的城市，常常让我不感觉亲切，难道是因为没有雨吗？

我不用给自己和孩子买胶鞋，因为实在用不着。偶尔下一次雨，我就像久旱逢甘露一般，高兴得不得了。嘴角挂着微笑，深深地吸一口气，闻那雨水落在泥土上的气味，看那烟雨蒙蒙，因为雨而变得美丽了的世界。

那个时刻，故乡仿佛回到了我的身边，我仿佛回到了童年：外面下着雨，对窗的写字桌前，我托着下巴看雨水顺着雨篷倾泻而下。

那时候，我觉得家是多么的干爽而温馨，能有个遮风避雨的地方是多么的幸福。

马爷爷

每个星期三的中午十二点，小院门口都会出现马爷爷的身影。

马爷爷是个乞丐，断了一条腿，挂着单拐，手里拿着一个生锈的搪瓷缸，头上戴着一顶残破的草帽，身上穿着一件打满了补丁的衣服。

只要马爷爷一到，只要他的那声"有吃的吗？"一传过来，姥爷就会让我到写字台上的铜墨盒里去取那枚五分钱的硬币，然后再递给我一个早已准备好的馒头。

我会一迭声地喊着"来了，来了"跑到院门口，把五分钱放到那个搪瓷缸里，再把馒头塞到马爷爷的手里。

马爷爷也不会说"谢了"，只会看着我笑一笑，便一瘸一拐地走了。

我看着他的背影，看着他把全身的重量都压在了那一条腿上，每一步都要使出全身的力气，真的很同情他。

那个铜墨盒只放邮票和抽屉的钥匙，但是姥爷永远都会在里面备上五分钱的硬币。那会儿的五分钱，可以买很多东西：一支奶油冰棒、五颗小糖、一包瓜子、一个本子、一支笔……

可是，姥爷不给我，也不许我碰铜墨盒里的五分钱。

那是专属于马爷爷的。

为什么要对一个乞丐这么好？

这是童年的我不能理解的。虽然我也很同情马爷爷，但是给一个馒头不就好了吗？很多人连馒头都不给呢。还要给钱，还给这么多，而且每个星期都给！

直到今天，我才理解姥爷的乐善好施。

每一个出现在你身边的人，都是上天派来的天使。每一个来乞讨的人，也都是来度化你的人。舍得，舍得，没有舍，哪里有得。姥爷用他的点滴，给孩童时的我进行了最好的人生教育。没有语言，只有行为。

有一天，我跟妈妈聊起童年的往事，聊到了马爷爷。

妈妈说，姥爷去世以后，马爷爷就再也没有来过了。

原来，人与人之间的情谊也可以是这样的，以这样的方式，以这样的尊重，无分别心。

戒尺

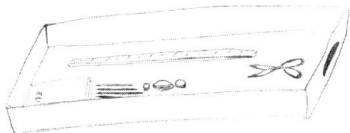

姥爷的戒尺，躺在写字桌中间的抽屉里。

那个抽屉除了放戒尺，还放手纸。每次去拿手纸，都会看到戒尺。

所谓的戒尺，其实是一个量衣服的尺子，红木材质，暗红的颜色，躺在同样材质和颜色的桌子的抽屉里，让还没有桌子高的我觉得无比恐惧。姥爷分配给我的抽屉，恰好就在放戒尺的抽屉的旁边，每次去抽屉里拿东西，我都会不寒而栗。

姥爷不轻易打我，但每次打都是记忆深刻的。

那一定是我撒了谎，或者是做了有悖道德的事情。

姥爷不会生气，也不会提高声音，只会坐在固定的位置上，轻轻地说一句：

"去，把戒尺拿来。"

这一句话，就能把我的胆吓破。

从外屋走进里屋，其实也就几步路，对于幼小的我来说，却是那么的漫长。然而，我也希望它这样漫长，这样就可以拖延挨打的时间。

万一，姥爷的朋友来了，一打岔，就不打我了。

可偏偏每次这个时候，都没有人来。

从外屋到里屋要过一个门槛，每次我都会在门槛前停留一会儿，希望姥爷反悔，希望邻居来借东西，希望姥爷拉肚子，希望……什么都没有发生，只好抬腿沉重地跨过门槛，向那个恐怖的写字桌走去。

从只有几岁到十二岁，从跟写字桌一样高到高出一点，再到高出许多，每一次的心理历程都是一样的，每一次站在桌前都不敢拉开那个躺着戒尺的抽屉，直到听见姥爷的一声呼唤："快点，别磨蹭。"

我轻轻地拉开抽屉，拿起那把戒尺，双手捧过头顶，迈着小心翼翼的步子往回走。这个时候，我心里感到了疼痛，眼泪开始夺眶而出，一边迈着小步，一边抽泣，希望姥爷心疼一下我，希望姥爷看见我哭就不打我了。

回去的路比来时的路更漫长，那个门槛好像更难跨过去了。

一旦跨过去，就离姥爷只有几步远了。

我泪眼婆娑地望着姥爷，姥爷耷拉着眼皮，面无表情。

我双手捧起戒尺，举过头顶，眼泪奔涌而出，边哭边央求："姥爷，我下次再也不敢了！"

姥爷接过我双手捧着的戒尺，把我其中的一只手握住，然后翻过来，手心向上，高高地举起戒尺，说："打你是为了让你记住。"

然后，开始慢慢地数："一、二、三。"

姥爷永远只打三下。

姥爷是上过私塾的，教育我的方式也是这样传统的方式。

在我有了孩子以后，我也在孩子的房间放了一把戒尺，只用过很少的几次。但是戒尺放在房间，就是一个纪律。有些事是不能做的。

后来在书里读到一句话：有了戒，才有了自由。

布娃娃

　　如同妈妈渴望着能像她的同事那样有一块手表，我也渴望着能像其他小朋友那样有一个布娃娃。

　　没有布娃娃的我，只能给手指头画上眼睛、鼻子和嘴巴，再用手帕当头巾包一包，对着手指头说话。

　　"吃饭了吗？"

　　手指头点点头。

　　"好吃吗？"

　　手指头又点点头。

　　有时候会用纸叠一个小人，安上同样用纸叠的胳膊和腿。

　　手里拿着那两条腿走路："一二一，一二一，向左转。"

再拿那两条胳膊跳舞。

"滋啦"，胳膊掉了。

还会自己用布缝个布娃娃，里面塞上棉花，眼睛、鼻子、眉毛、嘴巴当然也都是画上去的，再留点刘海，梳个小辫子，那就是我最好的布娃娃了。

每天，我哄着"她"睡觉，给"她"上课，替"她"看病。假如"她"不听话，还打"她"的屁股。

我的两个姐姐都没有布娃娃，每次我们聚在一起，就把彼此当成布娃娃，玩过家家。看病、打针、上课、当妈妈……生活里所能观察到的一切，都可以成为我们创作的源泉。

也许是看我太爱布娃娃了，也许是觉得我自制的娃娃太不像样了，终于有一天，姥爷带我去了百货大楼。

卖娃娃的柜台上陈列着好多布娃娃，大都是一个样子，跟我自制的娃娃也差不了多少，只是更加精致而已。只有一个娃娃是眼睛会动的：当"她"躺下的时候，眼睛就闭上了；当"她"起来的时候，眼睛就睁开了。那双会动的眼睛，圆圆的，大大的，睫毛很长，美极了。

自从看到这个娃娃的那一刻起，我的一双眼睛就盯着"她"不动了。

这个娃娃太贵了，要十几块钱。姥爷一个月的工资才三十块钱，本来想花几块钱给我买个娃娃，没想到却远远超出了预算。

但姥爷见我爱不释手，狠狠心：就它了。

有了这么美的布娃娃，那当然要做个好妈妈。我自裁自缝，夏天给"她"做花布裙子，冬天给"她"做棉袄、棉裤、棉大衣。

睡觉的时候，"她"就躺在我的怀里，我给"她"唱着歌，哄"她"入睡，还给"她"做了小棉被、小枕头，让"她"躺在我的枕边。我还把姥爷给我的睡前小糖放在"她"的小嘴巴上。

姥爷怎么照顾我，我就怎么照顾我的布娃娃。

"她"是我唯一的学生，坐在板凳上听我讲课；"她"也是我唯一的观众，看我在床上载歌载舞；"她"还是我最好的朋友，当我被姥爷打过手掌以后，我就抱着"她"，躲在大衣柜里，边流眼泪边跟"她"诉说自己的委屈，甚至会问"她"一些哲学的问题：

"我是谁？我为什么要来到这个世界？"

有了娃娃，我的虚拟世界就具象了，也有了自己的倾诉对象。后来，喜欢给娃娃做衣服的我，开始给家人做。从裁剪到缝制，连姥爷的衣服我也敢做。

上大学的时候，看到同学们穿的好看的花裙子，我就去布店扯上几尺布。第二天，就穿到了身上。

有一段时间，我们宿舍一人手里拿着一块花布、一根针线，大家都在缝裙子。男生笑称："你们房间最像女生宿舍。"

这个布娃娃，妈妈一直帮我保存到了今天，包括我给"她"做的那些小衣服。每次回到家乡，妈妈都从箱子里找出来，拿给我看，用布一层一层地包裹着，生怕把"她"弄脏了。

妈妈已经八十多岁了，和当年姥爷的年纪差不多大，看着她如同捧着珍宝一样地捧着我儿时的玩具，心里总是涌起一股热流。

　　那不仅仅是妈妈对我的爱，那更是妈妈对姥爷的思念。

6 求学

一代又一代人，
在无形的压力下艰难前行。
什么时候才能解脱？

姥爷和三姐妹

爸爸和三姐妹

短暂的体操生涯

上山，下乡

现在的家长，每天担忧的大都是孩子上什么样的学校，能不能考上名牌大学，大学毕业后的择业……

在我小的时候，家长们担心的是孩子要到农村去接受贫下中农的再教育。

二十世纪五十年代初出生的那批高中生，应该是第一批去农村接受再教育的学生。

没有吃过苦的城里孩子，到了乡下，而且是刚刚经过三年困难时期而一贫如洗的乡下，除了哭爹就是喊娘。

城里的父母再怎么心疼，除了托人捎些吃的去，再也无能为力。

于是父母唯一的办法就是让还没毕业的更小的孩子们学习各种技艺。

做父母的拿出所有积蓄，给孩子买笛子、小提琴、二胡、琵琶、唢呐……你去想吧，除了钢琴这种买不起的西洋大件儿，各种民族乐器都齐齐上阵。放学后，职工宿舍区里，各类乐器声此起彼伏，如同进了业余文工团。但是，所有乐器都是变了调的，比乌鸦的叫声还要难听。

我们家的钱，都被姥爷买烟酒茶糖和花卉盆景了，每月还要向邻居借钱，哪还有钱再给我买乐器？

姥爷自己倒是有一把京胡，偶尔高兴了，也会"咿咿呀呀"地拉上几段。但那个时候，只能唱革命样板戏，传统京剧都是"毒草"，京胡也就在姥爷京剧界的朋友来时用一下，还不敢大声。

姥爷曾经教我唱京剧《苏三起解》，西皮流水的一段，还给我讲这段戏的故事背景。姥爷京剧界的朋友，还教我简单的表演和身段。晚上，他跟朋友们聊完一段时事后，就会让我给大家表演一下。一开始怎么也不肯表演的我，在叔叔们和姥爷的鼓励下，渐渐大胆起来，居然也表演得有声有色，赢得一片叫好声。

我们家前排的一个姐姐，戴着大红花，提着暖瓶和脸盆上山下乡去了，接她的卡车就停在大院的门口，敲锣打鼓，我们都跑出去看热闹。

车上全是戴着大红花的哥哥姐姐，邻居姐姐在卡车上哭，她的父母在卡车下哭，一副生离死别的样子。从那以后，她的两个弟弟，一个开始拉手风琴，一个吹唢呐。音乐从他们家的窗户飘到我们家的小院，陪伴着我们的三餐，我们也就把它当成了火车声，耳朵自动封闭，慢慢地，就不觉得那么刺耳了。

虽然那会儿我还小，可姥爷也不免担心起我的未来。姥爷的朋友曹老师，劝他放宽心，他用仿佛可以预测未来一样的声音很有把握地说：

"唐大爷，您老不用担心，我敢跟您打保票，到小文丽长大的时候，孩子们就不用再去上山下乡了。"

曹老师的这句有关中国未来的话，让姥爷看到了我的希望。

陆陆续续地，我们家里也来了一些上海知青。

妈妈所在的蚌埠铁路分局，属于上海铁路局管辖。所以，妈妈在上海的同事，请她帮忙关照到安徽来的孩子们。

坐火车从上海来到蚌埠，在我们家借住一宿，第二天再坐长途汽车去乡下。这些操着上海普通话的哥哥姐姐，个个细皮嫩肉的，别提多洋气了。印象最深的，是他们带来的"大白兔奶糖"。

我们家只有两间小屋，这个时候，姥爷总是毫不犹豫地让出一间屋给那些素不相识的知青，自己跑到爷爷奶奶家凑合一夜。

有一天，邻居李大娘家来了一位亲戚，是市业余体校的体操教练，姓史，性格爽朗，笑声能传出几百米。

正是她的笑声引起了姥爷的注意，哪个女人如此放肆？

走过去一看一聊，姥爷也跟着一起笑了。

姥爷笑，是因为他最心爱的小外孙女终于有出路了，可以跟着这个史老师学个一技之长，还可以锻炼身体。

学好了，就不去上山下乡了。

体操生涯

一

姥爷把我送到体操房那天，是个阳光明媚的下午。

我记得体育场空旷无比，长了很多半人高的野草。

在荒凉的体育场中央，有一个二十世纪六十年代建的主席台。以前，我也来过这儿，每次都是学校组织看批斗大会，或者是自己跟小朋友来看死刑犯的宣判大会。

那天，我倒像个死刑犯一样被姥爷押送着，又来到荒凉的体育场。主席台上空落落的。跑道边有人在踢球、跑步，有裁判的哨声，还有文工团的歌声，特别响的是蝉鸣。

我可不是面无惧色，首先我对体育场有心理阴影，然后对"练体操"充满恐惧。我迟疑地迈着步子，跟在姥爷身后，姥爷像是看透了我的心思，坚定地、头也不回地往前走。我多么希望他能回头看我一眼，看我可怜巴巴的小样子，心一软，就不去体操房了。

可他就是不回头，他可能也知道，回了头就去不了了。

体操房是一座高大的红砖建筑，门框窗框都是绿色的，窗户玻璃几乎全没了。那么残破的一个建筑在那么荒凉又恐怖的体育场，对于一个孩子来说，真有点像奶奶让我读的小说《聊斋志异》了。

好在体操房的隔壁，是文工团的宿舍。从那里传来了男男女女悠扬的歌声，让我紧张的心松弛了一点。那仿佛是天堂里的音乐，让我飞离了尘世。等我睁开眼睛时，姥爷已经不在我的视线里了。

二

体操房里运动员上下翻飞，各类器械发出稀奇古怪的声音。我和姥爷站在门口，目瞪口呆，我们都是第一次看练体操。

那位史老师，笑嘻嘻地走到我们身边：

"唐大爷，这就是你的外孙女？"

我吓得直往姥爷身后躲，姥爷却紧紧拉着我的手，满面笑容地把我推到史老师面前。

史老师捏了捏我的肩膀，又把我的胳膊平举、上举了几下，边摆弄边问：

"几岁了？想不想学体操？"

"刚刚八岁，当然想练体操了。"

不待我回答，姥爷已经替我回答了。

那不是我的意思，姥爷，那是你的意思。

现在已经做了母亲的我，才能体会姥爷的心，也真的同情那会儿的我。

我又何尝不是经常强加给孩子很多他不想做的事情？让他学习，让他练琴，让他……总之一切都是"为了他好"。

有一天，也只有八岁的儿子突然含着泪问我："你什么时候想过我的感受？"

我好久说不出话来。

是啊，孩子，我能说什么？三十多年前的姥爷又能说什么？我心疼你，可是社会的压力如何去抗衡？人啊，面对未来，心里永远有着一份沉甸甸的压力。

就在我想要申辩的时候，史老师一把拉住我的胳膊，拖着我就往地毯中间走。走了几步，把我往地上一撂，把我的腿前后分开，尝试劈叉。从没练过功的我当然是劈不下去的，两条小腿只分开了一点点，屁股离地很高，像只被架起来的蛤蟆。

突然，一阵撕心裂肺的剧痛从双腿传遍了全身，在我还没明白过来怎么回事的时候，身强力壮的史老师已经整个人站在了我的身上，两只大脚牢牢地压在我那两条瘦弱的小细腿上，我的屁股这下也牢牢地贴在地上了。

"啊！——"

我撕心裂肺地喊了出来，比体操房里所有的声音都要响亮，响彻云空。

这位笑声能传出几百米的史老师，抱着膀子，悠然地站我身上，笑着说：

"想练体操就得能吃苦，我给你数十下，一、二……"

世间还有时间？我觉得那会儿没有了，每一个数字之间之漫长，如同宇宙间的亿万年。什么声音都没了，体操房的喧闹，知了的鸣叫，远处的歌声、哨声……只留下了空气的声音，还有那越等越久才发出的数字。史老师的那双大脚还时不时地在我细嫩的小腿上颠两下，让我更像针刺一般。

什么叫心狠？我算领教了。

什么叫昏天黑地？我算体会了。

被姥爷当花儿一样养到了八岁的我，在这个阳光明媚的下午，知道了什么叫铭心刻骨。

终于，史老师从我的身上跳了下来，这双腿已经不属于我。除了心在抖，泪在流，其他一切都不属于我了。

我不知道在地上趴了多久，才让我的身体回到我的身上来，让我的感知回到我的心里。

这时候，我想起了姥爷，对了，我亲爱的姥爷呢？

在我最痛苦的时候他怎么没有冲上来呢？他怎么没把史老师从我身上拉下去，狠狠地捶她一拳呢？我泪眼婆娑地四下里看，几个门口，犄角旮旯儿，都找不到姥爷的身影。难道他走了？难道他扔下我走了？

不会，不会，姥爷是世界上最爱我的人，他怎么会在我最痛苦的时候，扔下我走呢？

我等啊，等啊，等姥爷来救我，把我从这个地狱一般的体操房救走。

但是，姥爷没有再出现。

姥爷的确是走了。

当史老师跳到我身上的时候，他受不了了，看不下去了，走了。

八十八岁的姥爷那一路是怎么走回去的？走了多久？是像史老师喊的数字一样长久吗？他一定跟我一样颤抖着心，流着泪，在几乎空白的意识中往回走。

他又坚定着心，不能回头。

三

好不容易有了出路，看到了希望，没承想，史老师意外受伤，伤势很重，不能再担任体操教练了。

市体校紧急从外地调来了一位新教练，新教练姓路。

路老师个子不高，体格也不粗壮，后背挺拔，头发总是一丝不苟地盘在脑后，声音响亮，不苟言笑，跟史老师的风格截然不同。

没有了史老师，又不认识路老师，我就被搁在那儿了，一搁就搁了三年。

什么叫"搁"呢？

在这个业余体校的体操队里，我算是业余中的业余。

编制内的队员，穿着统一发放的体操服和体操鞋，我穿着自己的运动服和白球鞋；编制内的队员做动作时，有教练保护，我没有指导，也没有保护，自己在旁边模仿着教练的动作跟着练。

从我进了体操房，就一直是这样，从来没有改变过。

姥爷一直鼓励我："好好练，练好了，就可以当正式队员，就有体操服和体操鞋，就不用上山下乡了。"

别人练什么，我就在一边模仿着练。摔了，爬起来，再练。我的模仿能力，也许就是从那个时候培养起来的吧，居然还能得到教练的表扬：

"你们看看人家小鬼，没人教都能练成这样！"

"小鬼"，成了我在体操房的代名词。

当我正练着高低杠，别的队员也要练的时候，他们就会说：

"小鬼，一边儿练去！"

我赶紧下杠，站在一边看他们怎么做动作。

当我正模仿着其他队员练自由体操的时候，突然听到教练大喊一声：

"小鬼，闪开！"

我立刻闪到一边，队员在教练的保护下，一阵风似的从我面前翻着小翻呼啸而过。

但是，教练表扬我了。受到的这些冷遇，都比不上教练的一句表扬。

突然间，我信心大增，全国体操冠军蒋绍毅成了我的短期奋斗目标，世界体操冠军科马内奇成了我的偶像和长期奋斗目标。

姥爷给我买了一本小说，叫《新来的小石柱》。小石柱是贫下中农的孩子，从农村来到省队，立志要练好体操，完成"空中转体180度"的高难度动作。他克服了重重困难，终于实现了梦想。

　　于是，小石柱，也成了我的偶像。

　　今天想来，这是一个多么荒谬的局面：一个八岁的孩子，来到体操房，穿着洗旧的棉毛衫棉毛裤和发黄的白球鞋，每天在角落里模仿别人的动作，自学自练。摔疼了，在地上趴一会儿，爬起来再练；胳膊扭着了，自己揉一揉，缓过劲儿再练；心里怀揣着"世界体操冠军"的梦想，却不知，那梦想比天上的星星还要遥远。

　　跟我怀着同样梦想的还有姥爷，他居然在满是花卉盆景的小院里，给我竖起了一个高高的单杠，所有来家里的人都要从单杠下走过。姥爷每天抽着他的烟斗，美滋滋地坐在藤椅里，看着我在杠子上翻来翻去，每翻一次，就离我们俩的梦想近一步。

　　我还会跑到外面宽敞的巷子里去翻跟头，给过往的邻居们表演，让他们知道我在学体操，我要当世界体操冠军。邻居们纷纷前来围观，赞不绝口：

　　"小文丽，这个叫什么？"

　　"侧手翻。"

　　"这个呢？"

　　"拉拉提。"

　　"拉拉提是什么？"

　　"就是侧空翻。"

"小文丽不得了啊！"

"要当体操冠军喽！"

在一片赞誉声中，我的自尊心得到极大的满足，越翻越来劲儿。

晚上，当"裴多菲俱乐部"的叔叔大大们聊时政聊累了，或者"隔墙有耳"需要调剂一下气氛的时候，就轮到我出场了。两个个子大的叔叔，就把姥爷准备好的一根又粗又长的竹竿扛在肩膀上，嗓音洪亮的良顺叔叔充当解说员，每日例行的"现场直播"开始。

"现在入场的是，我们中国最优秀的体操队员小文丽，她要给我们展示她最拿手的单杠项目，好，队员已经准备好了，比赛马上开始，看，她多么轻盈地翻身上杠啊，大家鼓掌！"

大家都热烈地鼓起掌来。

姥爷靠在小床上，那是他的老位置，抽着烟斗，眯缝着眼睛，笑嘻嘻地看着我，满心欢喜，满眼得意。

良顺叔叔更是意气风发：

"单腿翻一个，单腿翻两个，单腿翻三个！"

那会儿，我只学会了单腿翻，别的动作都还不会呢。

"运动员翻身下杠，刨去最高分 10 分和最低分 9.5 分，小文丽的最后得分是 9.9 分！"

又是一阵热烈的掌声。

不是翻单杠，就是唱京剧。

在没有电视机的年代，我们是这样娱乐的，我是这样逗着大人们开心的，我们是这样打发着我们的日子的。

四

在我一个人练了一年多以后的一个下午，体操房里来了一个胖乎乎的小女孩，她的妈妈手里拿着一大卷宣传纸，在跟路教练交谈着什么。

她站在妈妈身边，惊恐地看着眼前的一切。当她看到我的时候，目光停住了，也许是诧异于我的打扮跟大家的不同吧。

正当我们俩互相打量的时候，我突然听到路教练那尖厉的声音："小鬼！你过来一下，小鬼！"

一开始，我没有意识到她是在叫我，因为教练几乎从来就没有叫过我。等她"小鬼，小鬼"地接连喊了几声，大家都朝我看过来的时候，我才一下子反应过来，赶紧从地毯上爬起来，向她们跑过去。

路教练和颜悦色地把这个胖乎乎的小女孩推到我的跟前，说:"她叫马燕，以后，你们俩一起练吧。"

这个叫马燕的小女孩，从此成了我的伙伴儿。

在这个偌大的体操房里，我终于有了一个跟我同样境遇的人，终于有一个可以一起练体操，一起说话的人了。真是如获至宝呀。

我像个小妈妈一样地照顾着她、保护着她。她成了我的活娃娃。

我们不仅练体操在一起，平时也舍不得分开。因为两家离得不远，她几乎"长"在了我们家。

清晨，天还没有亮，她就跑来敲我们家的窗户，叫我起来晨练。我们俩穿过伸手不见五指的巷子，穿过还亮着路灯的马路，向体育场跑去。

放学后，我们相会在体操房，一起换衣服，一起做准备活动。

我成了马燕的教练，虽然我也是个业余队员，但毕竟比她早来了一年多。体操房里的训练程序，我都逐一耐心地教给她，那些我自学的动作和技巧，也都毫无保留地与她分享。

训练结束后，我们也学其他队员的样子，相互帮对方做放松。原来没人帮我做的事，现在都有了，都正规化了。我也把伟大的梦想传递给了马燕，我们要共同向着世界体操冠军科马内奇进军。

我们还在家里模仿领奖，三个不同高度的椅子和板凳分别代表着冠军、亚军和季军。当然，那个最矮的是没人站上去的。我跟马燕轮流站在冠军和亚军的凳子上，然后唱起国歌，心里觉得离梦想更近了。

有一天，马燕换上了一件她姥姥用花布给她做的"体操服"。花布没有弹性，她又有些胖，看起来就像个小花球，很是滑稽可爱。

虽然不正规，也比我的棉毛衫棉毛裤强些。我又成了唯一没有体操服的人了。回到家，我就缠着姥爷，让他也帮我缝一件花布的体操服。姥爷坐在那儿想了半天，突然拉着我上街了。

那个时候，体操服、体操鞋都是体校统一发的，商店里不卖。我们来到市里唯一的一家体育用品商店，根本没有体操服和体操鞋，只有墙上挂着的几件游泳衣。

"怎么样？"

姥爷问我。

"什么？"

我不解地看着姥爷。

"游泳衣啊！"

姥爷指着其中一件蓝色的小号游泳衣。

"干吗？我又不会游泳。"

"当体操服来穿嘛，除了没袖子，其他都一样。"

从此，我跟马燕，一个小花球，一个游泳衣，成了体操房里的一景。

五

游泳衣配上白球鞋，离梦想只差一步了。我觉得跟正式队员的差距越来越小，自信心也越来越大，每天练得也越来越起劲儿了。

有一天，训练结束后，我和马燕一起，模仿正式队员相互做着放松动作。

路教练走来走去地喊着口令，当她走到我们身边的时候，看到马燕帮我放松的动作不正确，就在我的腿上踩了踩，给她做示范。

我幸福地被路教练踩着，真有劲儿，真舒服。

路教练边教马燕，边对我说：

"你这个小鬼，将来要长成大个子的。"

那天，真是我最幸福的一天。

路教练不仅帮我做了放松，还说我将来要长大个子。长大个子，多好啊!

我高兴地跑回家,把这个好消息告诉了姥爷。姥爷听了也很高兴,他当然希望自己的外孙女能长大个子,亭亭玉立,多好啊!

长大以后,我才明白,路教练其实是在暗示我,你就别再练体操了,练体操是没有前途的,因为你是大个子。其他运动项目可能需要大个子,而恰恰体操运动员需要小个子。

姥爷看到了教练的表扬带给我的喜悦和兴奋,很想趁热打铁做点什么。正好,爸爸托人从新疆带回来几个哈密瓜。姥爷自己只留了一个,其他几个都切成一小牙一小牙的,分给周围的邻居,让大家尝个新鲜。

我是那个负责运送哈密瓜的人。

吴大姑、小脚张奶奶、姚大娘、李大娘……每家两牙,分着分着,瓜就没了。

等我把瓜送给最后一个邻居,回到家时,姥爷站在院子里,拎着个竹篮子,递给我说:"给你们路教练送去,让她好好教你,你就能成体操冠军了。"

那时候我还不懂贿赂、送礼这些成人世界的游戏,但"拍马屁"是知道的,这是孩子之间的语言。

在学校,有很多同学都拍班长的马屁。一下课,班长就被他们前呼后拥着,有的送她香蕉,有的递给她糖。她接了谁的东西,就仿佛对谁格外关照一样,送东西的人会高兴得不得了,直摇"尾巴"。看到他们那副样子，我打心眼里厌恶，总是想起哈巴狗。

所以，在学校里，我成了一个孤芳自赏的没人搭理的人。

难道现在，我也要成为一只这样的哈巴狗吗？为了博得教练的欢心，我要如此降低我的人格吗？

从家到体育场，这条路，是如此漫长，我的两条腿，如有千斤重。

我记得，路过文工团宿舍的时候，看到一群漂亮的大哥哥大姐姐，说说笑笑地从里面走出来。他们真是漂亮啊！阳光照着他们年轻的充满朝气的脸庞，快活的心情让他们忍不住想歌唱。

我久久地看着他们的背影，这么美好的事物和我眼下要做的这么丑陋的事情摆在了一起，我拔腿便跑到了体操房后面的荒草萋萋的一条小河沟旁。

这条小河沟是以前我和姥爷经常一起来捞鱼虫的地方，红色的鱼虫，绿色的浮萍，相映在夕阳中煞是美丽。我无心去欣赏这自然的美景，只想着下面该怎么办。

夕阳渐渐地落下去了，我看到队员们陆陆续续地从体操房里走出来，路教练也出来了。她跟另外两个男教练一起，说说笑笑地向体校宿舍方向走去。

一直等到了天完全黑下来，我才离开小河沟，提着篮子，沿着路教练走过的路，向体校宿舍走去。

我一眼就认出了路教练的家，因为她家门上贴着跟马燕家一样的卫生防疫站的宣传画。马燕的妈妈是卫生防疫站的检验员，她第一次带马燕来体操房的时候，就带着一大卷宣传画。原来我们在做同样的事情。

我走到门口，听到路教练跟她儿子说话的声音。她的儿子我是见过的，经常在体操房里玩，很有优越感地跟着妈妈走来走去。

我一面听着屋里的动静，一面观察周围有没有人注意到我；同时还想着，我该不该把哈密瓜交给路教练。

就在我犹疑不决的时候，门动了一下，说时迟，那时快，我连想都没来得及想，拔腿就跑。

门在我身后被打开了，就听见路教练儿子说：

"干什么的？"

我跑出大院，跑出体育场，跑过好几条街道，直跑到上气不接下气。在一个没人的墙角，确认她的儿子没跟过来，我才停了下来。

我蹲在地上，过了好半天，才把气儿喘匀乎。看着那个被我提了一下午的篮子，两块哈密瓜还安安稳稳地躺在那儿，好像在冲着我笑一样。

我真的恨这两块哈密瓜，它们一直在折磨着我，控制着我，让我感到屈辱和自卑。我看了看四周，确认没人，就把这两块从遥远新疆来的哈密瓜倒在了墙角，提着空篮子走回家了。

这一天，我的体操冠军科马内奇的梦消失了。

六

从那以后，我对练体操就再也没有以往的热情了，只是为了让姥爷高兴才去。我开始三天打鱼两天晒网：有时跟马燕一起去游泳，有时带她去小河沟捞鱼虫，有时在文工团排练厅外，扒着窗户，看哥哥姐姐们排练节目。

另一个不想回体操房的原因，是怕见到路教练。

虽然那天路教练并没有看到我，但她的儿子打开门后，可是看到我了。他会不会告诉妈妈？路教练会不会问我为什么去她家？去干什么？那我该怎么回答？

好不容易克服了心理压力，再去体操房的时候，发现其实自己的种种猜测都是多余的，压根儿没有人多看我一眼。

在那段有一搭无一搭地练体操的日子里，爸爸从新疆调回来了。出于好奇，他想看看他的小女儿是怎么练体操的。一天下午，爸爸的脑袋，从体操房的没玻璃的大窗户外，悄悄地探了进来。

他看见他穿着蓝色游泳衣的小女儿和穿着花布体操服的小马燕，正孤独地在地毯的一角玩耍着，没有人理会她们。

教练辅导着那些身穿长袖红色体操服的正式队员。队员们排着整齐的队伍，一个接一个地翻着高难度的跟头，空中转体180度，生龙活虎。而地毯边上的那两个小孩，互相搀扶着做动作，如同马戏团里小丑的表演。

这两个小孩并不知道，有一双看着她们的眼睛被深深地灼伤了。这样的一幕，映在爸爸的眼里，心里，他不忍再看下去，悄悄离开了。

那天晚上，我像往常一样，从体操房回来，洗手洗脸，准备吃饭。爸爸坐在椅子上，一直盯着我看。

我全然不知下午发生的一切，兴高采烈地吃着饭。

爸爸突然说："今天下午，我去体操房了。"

我和姥爷、妈妈都看了看爸爸。

妈妈高兴地问："是吗？我们的体操冠军练得怎么样啊？"

爸爸没有理会妈妈，盯着我说："你一直就是这么练体操的吗？"

我低下头，不敢看爸爸的眼睛。

大家谁也没说话，气氛很压抑。

爸爸又问："你为什么不把这个情况告诉家里人呢？"

我的眼泪顺着脸颊流了下来，"滴答滴答"往下掉，妈妈和姥爷也放下了筷子，大家都默默地看着我，等待着我的回答。

我怎么回答？

这时候，只能听到钟表"嘀嗒嘀嗒"的声音了。

爸爸最后说："你以后不要再去体操房了。"

突然，我的内心里感到无比快乐，就像囚徒得到了自由一般。我仰起脸，满脸是泪，感激地望着爸爸。

孩子的命运，掌握在父母手中，父母的命运，又掌握在社会手中。我们都被无形的压力捆绑着往前走，反倒是远道而来、不在其中的爸爸，用他干干脆脆的一句话，解放了我三年来的桎梏，解放了我的天性。

我的体操生涯就这样结束了。

学校

一

当初妈妈把我送到幼儿园的时候，我一连哭了七天，姥爷不忍心，就把我接回了家，这样一转眼，我跟着姥爷晃晃悠悠就到了六岁。

从没加入集体生活的我，无比羡慕那些每天背着书包上学的哥哥姐姐，特别是那些胸前挂着钥匙的孩子——他们多自由啊，回到家里可以享受一个人的空间，不像我家里永远有个姥爷盯着。

有时候，我专门跑到学校门口，看学生们放学。看着他们背着书包，说说笑笑，成群结队地从学校里出来，别提心里有多向往这样的学生生活了。

六岁那年的冬天，再也等不下去的我，冲着卧病在床的妈妈喊：

"我要去上学！"

妈妈虚弱地摸了摸我的脑袋，安慰我说：

"你还没到上学的年龄，再过半年，就可以上学了。"

我一下甩开妈妈的手，眼睛瞪得溜圆，大声说：

"你不让我去上学，我就去跳河！"

可能是我的表情吓着了妈妈，也可能是我从来都没对妈妈这么凶过，妈妈真被我吓着了。她没再说话，艰难地从床上爬起来，戴上帽子，围上围巾，穿好大衣，捂得严严实实的，冒着呼啸的风雪，去给我找学校去了。

妈妈那会儿，刚刚做完一个手术。看着妈妈苍白的脸色，虚弱的样子，我心里有点不忍，有点内疚。但是，想上学的心情太迫切了，顾不了那么多，只盼着妈妈回家的时候，能给我带来好消息。

妈妈跑了好几所学校，都被拒绝了。

一是因为我还没到上学的年龄，二是因为我没有上过幼儿园。想上铁路子弟小学，需要铁路幼儿园的介绍信。

妈妈又冒着风雪，去那个我只待过一个礼拜的幼儿园，请园长开了一封介绍信。

一个礼拜以后，同样是一个大雪纷飞的早晨，姥爷牵着我的小手，来到离家步行四十多分钟的铁路第二小学一年级分校。

铁路第二小学总校其实离家很近，但因为学生太多，容纳不下，只好将一年级学生单独安排在另外一处，一个只有四五间教室和一个小操场的校区。

我插班进去的时候，学校已经开学三个多月，同学们汉语拼音都学完了。

姥爷把我交到老师的手里，老师拉着我，走到讲桌前。

这是我第一次走进教室，走进向往了那么久的神圣的殿堂。

看着眼前黑压压的一屋子学生，我都吓坏了，完全没有预料到一个班级会有这么多的学生，以后我每天都要面对那么多的小朋友。

老师把我安置在最后一排，只有那儿还有个空位子。我走过去坐下来，感觉自己立刻被淹没在一群比我高也比我壮的孩子中间。同学们都好奇地望着瘦得像个小猴子一样的我，一双双热切的目光吓得我把头埋在了胸前。

课间操，一个漂亮的小姑娘，站在队列的最前端领操，她就是我们的班长。美丽活泼的她做操的动作像舞蹈一样优美，我仰望着她，模仿着她的一举一动。

终于可以上学了，我把自己所有的激情都倾注在了学习上，只用了一个月，就把功课全补上了，汉语拼音也全都学会了。

也许是期待值太高，也许是因为发现了"学习"这事儿并不太难，也许是"文革"期间标语口号式的内容让我乏味，也许就像姥爷说我的那样，干什么都没常性，三天打鱼两天晒网，当我赶上了大家的进度之后，突然有一天，我对学习的热情和兴趣就都没了。

向往了很久的校园生活，开始变得无聊；那个美丽的班长也让我觉得有些张牙舞爪；学校的集体生活，让我感到无依无靠。

我发现，我根本没法跟大家一起玩，因为我不知道，该如何融入他们之中，怎样才能跟大家打成一片。

后来，这成了我人生中巨大的障碍：不知如何与人沟通。

姥爷是学校里唯一每天把孩子送到学校，又接回家的家长。

那时路上汽车很少，家家又都有好几个小孩，一点儿不金贵，所以，根本没有家长会接送孩子上下学。

姥爷之所以坚持每天接送我，按他的话说就是：

"学校离家太远，不放心。"

八十六岁高龄的他，一个人站在校门口等我放学，风雨无阻。以至于学校里上上下下都知道，学校来了个娇生惯养的新生。

还有同学特意来问我：

"你生病了吗？为什么你姥爷每天都要来接送你？"

我求姥爷别再来了，别的同学都是自己上下学，为什么我就不可以？

"不行。"姥爷说，"除非你不去上学。"

我的妈妈是天底下最孝顺的女儿。她为了姥爷，没跟着丈夫远去新疆；她为了姥爷，跟丈夫分居近二十年，直到姥爷去世；她为了姥爷，一个人留在家乡，含辛茹苦地照顾着老人和孩子们。

这样一个她，怎么能忍心让姥爷每天这样辛苦呢？

转学！

妈妈甚至都等不及半年以后，我升入二年级，就可以跟着大家一起，转回离家比较近的总校上学了。寒假里，妈妈便又开始奔波，找亲戚，托朋友。寒假一结束，刚在铁二小上了两个来月的我，就转到了铁四小。

二

铁四小，离家可近了。

走路过去，五分钟不到的路程。

学校的预备铃声响了，我在家里都能听见。再从家里出发，都来得及。唯一的缺点就是，要过一个铁道的道口。

那可不是一般的道口，那可是一个交通要道。中国的两个最大的城市，北京到上海的京沪铁路，就从这里经过。

那样的道口，现在只在一些小地方还能见到。

两根木头杆，利用杠杆原理举起，放下。举起和放下时都伴随着"当啷当啷"的铃铛声，铃铛声又伴随着火车的汽笛声，汽笛声又伴随着孩子们的尖叫声。

不早不晚，偏偏要等到火车在远方出现，扳道员的口哨声响起，小红旗挥起，木头杆子已经放下一半甚至几乎全部放下了，而火车已近在眼前的那一瞬间，我会一猫腰，"哧溜"一下，从栏杆底下钻过去，伴随着扳道员尖利的哨声，冲过道口，再从另一个栏杆下钻出来。

火车在我身后呼啸而过。

上学和放学的路上逗火车玩儿，成了我每天上学最大的乐趣之一。

那也有失手的时候。有时，听到学校的预备铃响，赶到道口，碰上一列火车正在开过，而且是一列加长的火车，那就惨了。虽然火车一过，栏杆还没升起，我就可以钻过去，但还是会迟到。

如果，我是说如果，可能性不过千分之一，当我跑到道口，正好火车要来，我就把百米冲刺变成五十米冲刺，跟火车比赛，抢在火车开过之前冲过栏杆，那个时候，那个得意的心情，真好像得了冠军一样。

姥爷要是知道我每天就是这么去上学的，说什么也不会让我转学了，宁可远一点，也比过道口安全。

半年内去了两所学校，让本就不适应集体生活的我，越发地生疏，越发地不知所措。

原先那个班里的同学，我都还没来得及搞清楚谁是谁，又换了四十多个新同学，四十多张新面孔。

这个班的班长也是个女的，不过，可没有原来的女班长漂亮。白白胖胖的她，也不领操，也不发作业本，只是在上课的时候，老师说完"上课"，她就喊一声"起立"。

仅此而已，却非同一般。

只要她一走进教室，所有的女同学就都聚拢到她的周围，她是中心，是全班的灵魂。

这个灵魂人物在我进了班级以后，一直在观察我，用傲慢的目光，藐视地看着我，等待着我向她俯首称臣的一天。

我哪里懂得这些？哪里明白，她那藐视的来源？哪里知道，孩子的世界，与成人的世界没有什么区别。

下课以后，没人理我，我就自己一个人玩，用一块手帕，在篮球架下的两根杆子之间，系过来，系过去。远远地，看着班长和她的一帮簇拥者说着、笑着、玩着，心里又羡慕，又嫉妒，又害怕。

她们也在观察我，这个从来不屑于与她们为伍的、特立独行的人。有一次，她们故意把香蕉皮扔到我身上，还装作不知道的样子，在那边嘻嘻哈哈地笑。我拿着那块香蕉皮，敢怒而不敢言。

长大以后，我读到一本诺贝尔文学奖得主威廉·戈尔丁的小说《蝇王》，我惊叹小说中所描述的孩子的世界，跟我所经历的是多么相像，甚至更加残酷。

人性，原本是善还是恶？

人类是环境的产物。在善意的、安逸的、无欲无求的境遇中，人的善良会映现光辉；在恶毒的、贫困的、动荡不安的境遇中，求生的本能会调动一切恶的情愫，不分大小。

在我还没有学会如何与人相处的时候，周围同学对我的态度，对班长的趋炎附势，让我把那还没来得及打开的心门，又关上了。

我想，也许这就是俗话说的"欺生"吧。

第一所学校，我是晚了三个月的插班生，比他们瘦，比他们小，还天天有家长接送，显得很"娇生惯养"，大家对我的态度，可想而知。

第二所学校呢，虽然不再让姥爷接送了，但人家都在一起半年多了，已经形成了他们自己的人际圈，冷不丁新来一个不懂事、还清高不理人的傻丫头，自然成为众矢之的。

孩子的世界，如同动物的世界，弱肉强食，无比真实。

就这样，我在铁四小混到了三年级，没有一个朋友。

每天，我踩着铃声卡着点儿去上学，放学的铃一响，拔腿就往家里跑。

学习有一搭无一搭地，那个时候也没人重视学习，六七十分的成绩，家长也不怪罪。

池塘边的榕树上，

知了在声声地叫着夏天。

操场边的秋千上，

只有蝴蝶停在上面。

黑板上老师的粉笔，

还在拼命叽叽喳喳写个不停，

等待着下课，

等待着放学，

等待游戏的童年。

…… ……

就这么好奇，

就这么幻想，

这么孤单的童年。

这首《童年》，虽然来自台湾校园，却唱的好像就是我，就是我童年成长的心情。

三

漫不经心，晃晃悠悠混日子的我，又开始让姥爷担心了。

那会儿，国家实行的是"十年义务制教育"：小学五年，初中三年，高中两年，学费全部由国家负担。毕业后，大部分学生上山下乡，到农村去接受贫下中农再教育。

铁路系统只有一所子弟中学，叫铁中，在很远很远的郊区。

真不明白为什么要把铁中建在那么远的地方，是为了照顾住在那边的职工吧。可是，住在城里的铁路子弟怎么办？那会儿有自行车的家庭还很少，为了节省时间，也为了少走些路，很多男孩子上下学都会去扒火车。良顺叔叔的腿，就是他在上学时扒火车，从火车上摔下来，被轧断的。被轧断腿和胳膊的，还不止良顺叔叔一个。

几乎每天傍晚，良顺叔叔都挂着拐杖来我们家聊天，而姥爷看到他，也必然会联想到我的未来：如果将来去铁中上学，万一哪天，跟着同学扒火车，后果不堪设想啊。

姥爷能想象到那黑色的蒸汽机车鸣着汽笛、冒着白烟开过，而站在车头上挥着书包，笑着、叫着的我，后果很有可能就是良顺叔叔那样。

只要在铁路小学就读，升中学的时候，铁中就是唯一的选择。姥爷担心我如果读到小学五年级再转学就来不及了，便每天敦促着妈妈，要把我转到铁路系统之外的地方学校，以后直接升入地方中学。

多少用心啊！那时候的家长，像姥爷这样思虑万千、用心良苦的，几乎没有。

于是，四年级开学的时候，我又被转学了。

这所地方小学真的很"地方"，就以我们大院门口的那条街道来命名：延安路小学。

这所地方小学也真的离家很近，近到走路连五分钟都用不到，而且，无须经过铁道口。

这里的学生，大多是附近街道的孩子，父母都在地方工作，没有铁路子弟。

有时候，过分的关爱也会成为成长的障碍。

姥爷只想到我上学的距离，却没有想到我与同龄人的心理距离。三年，先后辗转三所学校，对一个从未上过幼儿园，从未加入过集体生活，不到十岁的孩子来说，实在是倒腾得太频繁了。还没来得及捂热屁股就走人，前后要记住一百二十多个同学的名字，还有二十来个老师的名字，着实是个不小的挑战。

本打算在这儿念完四、五年级，就直接升到其他地方中学上初中的我，没想到，一待就是四年。

后来，初中生不再上山下乡，留校继续读书。

中学教室不够用，一些小学直接开设中学的课程，小学老师直接升为中学老师。师资再不够，就配备工农兵大学生（不用经过考试，直接由工厂、农村和部队送到大学里去读书的学生），到学校里来担任老师或领导职务。

这样一来，延安路小学成了一个"戴帽子"小学。所谓"戴帽子"，就是小学兼中学，它也成了我上学以来就读时间最长的学校。

这四年，给了我一个非常重要的交朋友的机会。

交朋友是需要时间的积累和考验的。

现在，我的"小学同学聚会"，就是跟延安路小学的同学相聚。让我惊讶的是，他们中的大多数人，都去过我家，对姥爷和姥爷的花园都印象极为深刻。

四

这个班很特别，有两个班长，一男一女，男班长管男生的事，女班长管女生的事。

男班长，是个黑黑的英俊的男生。跟以往那个趾高气扬的女班长一样，在哪儿都是前呼后拥，说是一帮拥戴者、哥们儿或者小马屁精都行，就没见他一个人走过路；也跟女班长一样，他从不跟我说话，只是用眼睛观察着我。

不同的是，他的目光是没有敌意的，是好奇而热烈的。

可能是因为年龄大一点了吧，我能感觉到他对我的注意，也能感受到他目光里的力量。

我是又欢喜，又恐惧，恐惧大过欢喜。

他表达得越明显，我就越恐惧，害怕别的同学看出来，害怕被同学告到姥爷那儿去，害怕，害怕他是个小流氓。

二十世纪七十年代末的中国，小学生早恋，不是小流氓还能是什么？虽然，他什么也没对我说过，什么也没对我做过，只是用眼神，偷偷地看看我。

可是，我的心里又有点喜悦，甚至满足。从小到大，还没有哪个同学这样对待过我，我从没体会过这种被同学关注重视的感觉。

下课了，我站在墙边晒太阳，他跟一群男生在远处玩"皮卡"（用纸叠的一种卡片），我偶尔看他们一眼，却每次都发现，他也正在看着我。

有一天放学，我沿着延安路往家走，他和他的哥们儿在马路对面走。我低着头，脚步越来越快，虽然根本不敢往对面看，却能感觉得到那边的目光。

他们大声地嚷嚷着，说要去看一部电影，并故意让我听见，甚至还有人问：

"马路那边的，去不去呀？"

天哪，这也太过分了吧！

我走快，他们也走快；我放慢，他们也放慢。不到五分钟的路程，眼看就要到家门口了，我心里那个紧张啊！万一他们跟踪我到家里怎么办？万一让邻居们看见了怎么办？还不得把我当成"青皮"（女流氓的代称）了？

该怎么脱身？怎么对付这帮家伙？我快步走进大院门口的一家小卖部，假装要买东西，用余光注视着在马路另一边的他们。

他们也在对面停了下来。

我兜里没钱，只能东看看、西瞧瞧地耗时间。

他们如果就这么站着不走，怎么办？小卖部的王爷爷，已经问了我好几次要买什么东西了。

就这样僵持了好一会儿，终于，马路那边的人开始走动了，向远处走去。

较量结束了，我总算松了口气，甚至很感激他们放过了我，在最后的时刻。我觉得，男班长应该起了至关重要的作用，他给予了我应有的尊重。

虽然是在同一所学校，同一个班级，但是，既然升入了初中，还是要有个"重新开始"的样子。

新学年开始，班级重新分配座位。男女生按照个头高低，分别排成两队，在队伍里位置相同的男生和女生，就坐同桌。

我扫了一眼男生队伍，正好看到他，他也正看着我。我慌忙低下头，心里突然闪过一个念头：要是能跟他分到一张桌子就好了。

为什么会这么想？我也不知道，自己都被这个念头吓了一跳。

但是，那么多同学，怎么可能那么巧？

他是女生心目中的白马王子，女生们都在叽叽喳喳、跃跃欲试，想跟他分到一个座位，好像能跟他坐在一起，是种巨大的荣耀。这反倒让我不再想这件事情了，反正我也争不过她们。

可就是这么巧，我和他，被分配到了同一张桌子。

是命运的安排，还是他的安排？

我想，是他的安排。以他的"威望"，他是可以自由选择排队的位置，也就可以自由地选择跟谁坐在一起。

我心里一阵欢喜，又一阵恐惧，我，真的跟他坐在了一起？

我忘记了我们共用一张桌子多久。一个学期？两个学期？不管多久，我们几乎是从没说过一句话。

教室里有四排桌子，为了让学生们不斜视，每个月都会调整一次位置，这样，四个月中的两个月，我们都是靠墙坐的。我喜欢靠墙的位置，因为只有这样的时候，我们可以有无言的交流。

下课了，以往总是立刻跑出去玩的他，现在不走了，就等着我站起来要出去的一瞬间，他会礼貌地也站起来，离开座位，站在一边，让我出来，然后，他再坐回座位。

回来时，我往桌边一站，他就立刻站起来，再次离开座位，站在一边，让我进去。

彼此无言地交流，却有着心照不宣的默契。

反过来也一样，我会站起来等他。

这就是我喜欢坐在这个位置的原因。

一个冬天的下午，阳光暖暖地照在教室里，照得我昏昏欲睡。上的是什么课，我已经记不清了，只记得我的腿被什么东西碰了一下，接着又碰了一下，我低头一看，是他手里的一本书，他示意我接过去。

我接了过来，看到书的封面：

《阴谋与爱情》
作者：裴多菲

我立刻把书塞进了抽屉，吓得睡意全无。没有一句话，甚至都没有相互看一眼，但是，我已经无法再听课了。

我不知道，应不应该接受这本书。这个书名已经足够吓人。

爱情，是个什么东西？

我觉得我应该立刻把书还给他。

可是，我也很想知道，爱情是个什么东西。

我又担心，如果看都不看，就把书还给他的话，会不会伤害他的自尊心？

可是，如果我拿了他的书，是不是就表示，我接受了他的爱情？

这本书在我的抽屉里，就像一团火球，弄得我忐忑不安。

最终，我还是把书放进了书包，背回了家。

我就像做贼一样，一路上偷偷摸摸地，生怕有人发现书包里的东西。一进屋，我就把书藏在了床褥底下，再铺好床单，看看四周没有人发现，噢，总算松了一口气。

晚上，姥爷和朋友们在外屋聊天，我一个人在里屋写作业。我悄悄地把门插上，从床褥下面取出书，偷偷看起来。

这是一本诗集，我根本就看不懂每句话所表达的意思，所以还是弄不懂爱情是什么，又为什么要和阴谋连在一起。难道爱情是不好的东西？

我翻了翻书里的插画，其中有一页，一个男人和一个女人在拥抱，噢，这就是爱情吧。

这时候，二姐来了，我可算是找到了救星。

二姐学习好，而且，她跟我"特铁"，绝对不会出卖我。我悄悄地把她带到了里屋，插上房门，从被褥底下取出书，郑重地递给她，希望这位圣贤能看得懂，说给我听什么是爱情。结果，她只读几页，就还给了我，懒洋洋地说：

"没啥意思。"

连二姐都说没啥意思，那肯定就没啥意思。

看来，爱情也没啥意思。

第二天，还是以同样的方式，我也用书碰了碰他的腿，他把书接了过去，低声地问我：

"看了吗？"

"嗯。"

"好看吗？"

"嗯。"

这是我们唯一说过的话。

五

在这个学校里，不是女班长孤立我，而是班里的一个女孩。自从我到了这个班，她一看到我，就横鼻子竖眼地挑衅，让我胆战心惊。

我小心地躲着她，尽可能不冒犯她，但是，只要我跟谁玩，她就孤立谁，让她周围的人也孤立那个同学，大家都很怕她。尽管有的同学想跟我玩，但怕被她孤立而退却了。

终于，我们班来了一个新同学，到这个学校的时间比我还要晚。在她还没明白怎么回事的时候，我们就成了好朋友。

她叫王芳，她家生活很困难。每次去她家，都看到她的姐姐们在家织手套，就是工厂里用的那种线手套。手套先由机器织出来，手指头上还残留着线头，需要人工用钩针把线头织进手套里去。

她的妈妈，在一边糊着火柴盒子。

一个不到二十瓦的昏暗的灯泡下，一家几口人做着各自的手工。

那时候很多家庭都是这样。我那两个跟着爷爷奶奶一起生活的姐姐，每天放学后，放下书包，就坐在小板凳上锉塑料产品，塑料产品在工厂用机器压完后有毛边，她们的任务就是把毛边锉掉。

小小年纪的姐姐，锉产品锉得浑身脏兮兮的，却乐此不疲，因为，除了能赚工钱贴补家用，还可以给自己挣些零花钱。

我去奶奶家的时候，也会搬个小板凳，坐到姐姐的身边，拿起锉子，帮她们一起干活。姐姐却抢下我手里的产品，不让我干，怕我锉坏了赔不起。

有这么严重吗？我心里很不服气。

有一次，我跟姐姐一起去厂里交活儿。我们站在长长的等待队伍里，两个姐姐期盼着，今天的检验员，千万别是那个可怕的马老太太；马老太太特别挑剔，产品到了她手里，很难通过。

结果那天，正赶上那个苛刻的马老太太。姐姐们小心地赔着笑脸，从那个比她们还高的窗口，递上她们的产品。

马老太太一个一个仔细地察看。果然，挑出了好多个"不合格"产品，不仅没有付姐姐工钱，产品还被打回来返工。如果返工还不合格，产品就是"次品"，自己还得赔钱，怨不得姐姐不让我帮忙。

这样的日子是清贫的，也是温馨的，亲密的。

这样的孩子，从小就知道要给家里出力，要帮着大人讨生计。

自从我和王芳成了好朋友，所有好玩儿的、好看的，我都会和王芳分享。我们俩几乎形影不离。

上学放学，我们俩蹦蹦跳跳，结伴同行。

一下课，我们就一起出去玩：跳绳，跳皮筋，抓骨子，翻单被……

那时的孩子，几乎没有买来的玩具，想玩儿，就得自己动手做。

用橡胶手套剪成一副橡皮筋，可以跳上好几年，叫"跳皮筋"；用四个小羊骨拐，外加一个小沙包，可以抓出无穷的花样来，比赛反应速度和动手能力，叫"抓骨子"；用一根细绳子系个扣，两个人可以翻出十几种造型，叫"翻单被"。

一个眼神，我们就知道对方在想什么。

按姥爷的话说，我们俩好得穿一条裤子都嫌肥。

有一天，姥爷跟我说："你们俩也别太好，太好了，就该恼了。"

果然，我们好了不到半年，因为一件很小的事，就彼此不再说话了。而且这一恼，就是好几个月。

我不再去她家帮着织手套了，也不再跟她一起走路了。无论上学还是放学，我都故意早点儿或晚点儿，免得在路上跟她碰上，彼此尴尬。

我第一次体会到失去友谊给人带来的痛苦。

姥爷劝了我好几次：

"看人，要多看别人的长处，少看别人的短处，这样，才能把朋友交结实了。"

没用，道理都明白，可感情上过不去，伤害了就是伤害了，破镜难以重圆。

很快，有了新的朋友。而且，因为我们不再是好朋友，其他的同学都愿意跟她玩了，好像故意要气我似的，她也跟那伙人打得火热。

眼不见心不烦，我尽量躲着他们。

放学了，我一个人跑到操场，找一个角落，从书包里拿出我的骨头子和沙包，抓啊抓啊，抓到天黑，把一双手抓得黢黑才回家。

有一天，我回到家推开房门，吓了一跳，屋子里坐满了我们班的同学，包括王芳，还有孤立我的那位女同学。

姥爷正热情地用糖果招待着他们，他们也叽叽喳喳谈得热火朝天。见我进来，大家伙儿安静了下来，全都默不作声了。

我站在门口，不知该进去还是该离开。

突然，姥爷发话了：

"听说，有一个女同学欺负我们家小文丽，你们回去告诉她，以后要是再这样，我就要去找你们老师了。"

"唰"——所有的同学都扭过头去，看着那个孤立我的女同学，我也看向她。只见她的脸，红一阵，白一阵。

我的脸，也是红一阵，白一阵的，我也窘迫极了。

我最不愿意让家里人知道，他们心爱的小文丽在外面是受气的，是被人欺负的，那会让我在家里很没有面子。因为，我是他们的骄傲，是他们的希望，怎么能让他们知道，其实，我没有那么棒，而且还很可怜呢？噢，王芳，这一定是你干的事情，就是为了让我的家人看我的笑话？就是为了让我的姥爷从此更加为我操心？

姥爷让我过来招待同学们，我一动不动地站在那儿，好像脚底下生了根。大家见我这样，便开始陆陆续续地离开了。王芳走在最后，她满意地看着我，我狠狠地瞪着她，我可不领她的情！

第二天，我如往常一样地去上学，没想到，一切都变了。

那个孤立我的女同学，首先来找我换糖纸，接着，大家拉我一起去跳绳、跳皮筋。哇——我居然跟同学们一起做起了"你们要求什么人"的游戏，而且，我居然成了被"要求"最多的那个人。

放学的时候，还有同学给我点心吃，大家都笑嘻嘻地跟我说话，好像我们从来就没有过不愉快的时光。

这是怎么了？难道就是因为姥爷的一句话？

我在学校里过了五年的集体生活，可是，从来就没有被集体接受过。五年来，我的成绩报告单的评语里，永远都有这样一句话：不热爱集体，不团结同学。

不是我不热爱集体，是集体不热爱我；不是我不想团结同学，是我不知道该如何团结同学。在每一个集体里，我都是个"新来的"，待不了多久又走了。大家观望我，我也观望大家，就这样不冷不热，就这样不知所措

今天，就因为姥爷的一句话，改变了我周围的氛围，改变了一直以来，让我纠结和痛苦的难题，改变了我的生活。

原来，这么简单的事，却让我痛苦了五年。

早知道这么简单，啊，不，不，我真不希望是今天这样的局面，我真不希望依靠外力来解决我的痛苦。它的简单，让我觉得，我痛苦得不值得；它的简单，让我觉得，我的微弱和渺小。

157

地震了

有一天，正上着课，突然，教学楼摇晃起来，窗户"哗啦哗啦"地响。

楼道里有人喊：

"地震了！"

这次地震，是一九七六年唐山大地震所引发的小震，可能也就是四五级吧。那时的通信还不发达，我们都不知道，远在千里之外的唐山，那天凌晨发生了里氏 7.8 级的大地震，几十万人遇难了。

当报纸和广播把这个消息公布的时候，大家都吓傻了。那应该是新中国成立以来最大的一次地震，也是有史以来死亡人数最多的一次地震吧。

大家都不敢住在家里了，因为地震通常都发生在夜里，而这次唐山大地震死了那么多人，主要是因为房屋不抗震被压死了。

跟邻居们一样，我跟姥爷和妈妈也在大塘公园铺了张凉席，白天回家做饭，晚上就露天睡在公园里。这样过了一周，也没有等到地震的再次发生。已经九十岁高龄的姥爷坚决要求回家住，说就是死也要死在家里。

那会儿爸爸已经从新疆调回来了，跟着爷爷奶奶和两个姐姐住在一起。他在家门口的空地上，用油毛毡搭了个防震棚。建好以后，就来帮姥爷加固房屋。

爸爸从工厂里买来三根又粗又长的三角铁，拦腰横插在我和姥爷的卧室中央，三角铁上铺木板、床板。我跟姥爷，就睡在这些三角铁木板和床板下面，这就是我们的"防震棚"。姥爷还带着我演习，一旦发生地震，我就钻进这个"防震棚"的红木写字台底下，双重保护，万无一失。

姥爷在写字台下面备好了饼干、馒头和饮用水，够我们俩吃喝一周。

小孩子本来就喜欢待在低矮的地方，有安全感。这下好了，"防震棚"一搭，房子相当于矮了一半，再到写字台下面，只能容下缩成一团的我，真是好安全啊，跟在妈妈的肚子里一样。

那会儿看小人书《地道战》，就特别羡慕抗战时期的游击队员们天天在"地洞"里生活，如今我也可以在自己的"地洞"里生活，还有吃有喝，跟"过家家"一样，真盼望地震永远都不要结束。

在学校，我们也不在教室里上课。学生们都自己带个小马扎，在操场上上课。

盛夏，烈日炎炎，老师和同学们不得不戴着草帽，依然汗流浃背。其实，学生们的注意力都不在课堂上，不是在观察树叶和小鸟的动静，就是留意窗户响了没有。树叶冷不丁一阵沙沙作响，几只小鸟突然一起飞走，或者窗户摇晃几下，就以为地震来了，于是集体大呼"地震来了，地震来了"，四处逃散。

据说，动物比人类对地震敏感。唐山地震前，就有青蛙集体搬家的自然现象。所以，每天放学回家，我就跑到邻居张奶奶家，观察她养的小鸡。

看到小鸡从从容容地吃喝，我就放心了，今天应该是安全的。如果看到小鸡互相追逐啄咬，我就会有些担心，晚上也不敢睡得太死，告诉姥爷，今晚，有可能地震会来。

姥爷却完全不受影响，照样做饭、养花、会朋友，每天还是高朋满座。晚上，我们俩躺在爸爸搭的防震架下面，姥爷也还像往常一样，指挥着我做"八段锦"：鸣天鼓、扣齿、转眼珠……

一九七六

一九七六年，不平凡的一年。

一月，周恩来总理去世。

四月，爆发"四五运动"，人们自发到天安门广场的人民英雄纪念碑前献花圈，朗读诗歌，表达对周总理的哀悼。那一首首感人的诗歌，被抄录下来，传遍祖国各个角落。

接着，听说纪念活动被取缔，纪念人群被驱赶，诗歌和花圈被撤走，并被定性为"反革命活动"。

五月，朱德委员长去世，他是国家的军委主席，跟姥爷同龄。

七月，唐山大地震。

九月，毛主席逝世。

毛主席逝世的消息，是在一个下午，通过广播向全国公告的。

少不更事的我，正蹦蹦跳跳地从学校往家走，就听见广播里传来了沉重的哀乐。那是我第一次听到哀乐，所以并不知道那是什么音乐。

经过邻居李大娘家门口的时候，看到姥爷坐在门口，表情严肃地跟好几个邻居一起听广播。姥爷是从来不到邻居家串门的，也从来不听广播，我们家就没有收音机，也没有广播喇叭。今天是怎么了？

广播里，传来播音员字正腔圆的声音：

"告全党、全军和全国各族人民书……"

大家默默地盯着那个小小的半导体收音机，仿佛盯着一个定时炸弹，而这颗炸弹随时可以把世界炸平。

那天晚上，家里来了好多人，都是平时跟姥爷一起关心和讨论国家大事的叔叔伯伯，大家七嘴八舌，对国家的未来充满担忧。

一直默默坐在床上，没有说话的姥爷，突然叹了一口气：

"要混战了。"

姥爷出生在一八八六年，六十岁以前的人生，都是在战争中度过。作为一名出色的火车司机，他曾被指派为冯玉祥将军、白崇禧将军、李宗仁将军开过火车。他说冯玉祥将军很朴实，穿着旧棉袄，对人和气；白崇禧将军很气派，戴着白手套，穿着呢子军大衣；李宗仁将军因为姥爷火车开得好，赏过姥爷三十块大洋，可以买好多袋面。

抗日战争期间，姥爷宁愿去戏院收门票养家糊口，就是饿死，也不给日本人开火车。如今九十岁高龄的他，最担忧的就是国家会再乱，战争会再次爆发；最不希望的就是我们再经历他所经历过的。

从鸦片战争，到中华人民共和国成立，中国打了近一百年的仗，受苦的是老百姓。

渴望和平，渴望国家强盛，不再受外族的侵略，成为姥爷和我父母这一代人最强烈的愿望。

悼念毛主席的纪念活动，持续了一个多月。各单位和学校都设了灵堂，我们学校也有，是用一间教室布置而成。同学们按班级顺序，排队进入灵堂哀悼，哭成一片。

我记得大家是从后门进去，前门出来，黑板的正中央，悬挂着毛主席的画像，四周放满了花圈，最上面是黑底白字的横幅：沉痛悼念伟大领袖毛主席。

在我之前一批进去的同学里，有我们的女班长，她已经哭得瘫倒在地上了，被三四个同学抬了出去。

紧接着，我又开始为自己担忧。大家都在哭，万一我哭不出来怎么办？同学看见了，会不会说我对毛主席的感情不深呢？不行，必须要哭出来。可是，只有十岁的我，真的感受不到那么难过，那么伤心，就是有些难过，一经强迫，反而把感情给憋回去了。

就在我满脑子想着怎么才能哭出来的时候，轮到我们这一小组进灵堂了。

哀乐声中，我们排队站好，向毛主席像三鞠躬。

我不敢抬头，因为我越想哭出来，就越是哭不出来，也不会假装哭。我悄悄地用余光打量了一下周围的同学，不得了，大家都哭得泣不成声。

怎么办？我只能把头埋得越来越深。

突然，我察觉到有人正在看我，偷偷一抬眼，原来是班上的另一个女同学，她也没有哭啊。居然有人跟我一样，那我就不用那么内疚了。

我不敢再想，赶紧低下头，不再理会她。很快地，我们就从前面的门出去了，这个家伙还一直兴致勃勃地看着我，我则狠狠地瞪了她一眼。

紧接着，华国锋当选国家主席。

学校开始排练节目，拥护敬爱的华主席。

再接着，"四人帮"被打倒，学校又开始排练新节目，庆祝粉碎"四人帮"反党集团。

最后，邓小平当选国家领导人，稳定了局面，战争没有爆发，"文革"结束了。

那时我还小，并不懂得风云突变中，大人们的心里所经受过的洗礼。但是，幼小的我还是能感受到国家命运对个人命运的影响，普通百姓对国家和民族的热爱与担忧，那是一个理想主义还没有消失的年代。

7 诀别

我其实没有妈妈想象的那么悲伤，不是爱不够深，而是我相信姥爷的灵魂去了天上，他在那里等我。

姥爷和我们

姥爷

姥爷病了

　　毛主席去世后不久的一天，我放学回家，看到姥爷躺在床上，无力地，脸红红的，连呼吸都很困难的样子。我吓坏了。

　　我摸了摸姥爷的额头，天哪，好热啊！

　　我端来一盆水，把毛巾弄湿了，平铺在姥爷的额头上，拔腿就向我们大院对面的铁路机务段跑去。

　　我直奔医务室，冲进门就喊：

　　"王大夫，你赶快到我们家，去看看我姥爷吧，他就要像毛主席那样去世了！"

　　王大夫赶紧打断我的话：

　　"快别瞎说，你先回去，我马上就过来。"

我跑回家，看到姥爷的脸更红了，连眼睛都红了，有一条腿整个都红肿起来，神志好像都有点不清楚了。我把耳朵贴在他的嘴边，听见他喃喃地说：

"我的腿动不了了。"

没想到，姥爷的病情会发展得这么快，我除了不停地给姥爷换额头上的毛巾，让他喝水，就不知道该干些什么了。想去妈妈的单位找正在上班的妈妈，可是，姥爷谁来照看呢？

就在我手足无措、焦头烂额的时候，王大夫来了，看到姥爷的样子，她也吓了一跳。一试体温，四十多摄氏度，已是九十多岁的姥爷，哪儿经得住这样的高烧啊。

王大夫让我去机务段的冰棒房，弄些冰来。

我端起家里的洗脸盆又往外冲去，再次冲进机务段，冲进了机器轰鸣的冰棒房，大声喊：

"叔叔，求求你给我点儿冰块，帮姥爷降温，他快要像毛主席那样去世了！"

冰棒房的人都抬起了头，直愣愣地看着我，他们谁也不认识我。有个叔叔走过来，二话没说，端起我的脸盆，给我舀了满满一脸盆的冰块。

满满一盆冰块对于那时的我，分量真是不轻，而且是两只手端着，真是难以置信，我是怎么把它端回家的？不仅端回去了，还一块也没有丢掉。

放下脸盆，王大夫又让我去医务室拿药和针剂。我举着王大夫写好的单子，再次冲进机务段，冲进医务室。

我记得机务段看大门的老爷爷，平时进门总是盘问我。那天，他无奈地看着我冲进冲出，如入无人之境。

冰块，成了姥爷的及时雨，对退烧起到了至关重要的作用，再加上王大夫的注射，药物迅速起效，等到妈妈下班回来的时候，姥爷已经基本退烧，脱离了危险。

姥爷这次得的病叫"丹毒"，是一种病毒引发的。姥爷的症状很典型：从腿部开始发作，一条腿红肿，高烧不退，迅速向全身扩散，如果发展到心脏，就有致命危险。什么都不懂的我，在千钧一发之际，挽救了姥爷的生命。

姥爷把整个过程跟妈妈描述了一遍又一遍，不断地夸奖我能干，小小年纪临危不乱，做事有条理，还自己端个脸盆，来回跑了冰棒房好几趟。

晚上，我躺在姥爷身边，姥爷的手，慈祥而无力地抚摸着我的脑袋，无比怜爱地跟我说：

"小文丽真是长大了，姥爷没有白疼你啊。"

在我蹒跚学步的时候，晃晃悠悠一走到桌子附近，姥爷就赶紧用手把着桌角，唯恐我的小脑袋撞上去开了花。后来我长高了，也走稳了，不再需要姥爷的"特殊保护"，他就常常感叹：

"小文丽要是永远都不长大，该多好呀。"

永远都不长大，那是人类的幻想吧。

姥爷永远不走，我永远在姥爷的膝下。

170

然而今天，看到他一手养大的我，在危急时刻救了自己的性命，姥爷一定会想：还是长大了好啊。

　　妈妈又把这件事无比欣慰和骄傲地转述给了爸爸，当时已经从新疆调回来的爸爸，第一次拿正眼看我。这个在他眼里被姥爷娇惯得不成样子的小女儿，这个坐没坐相、站没站相、吃没吃相的顽劣的小丫头，第一次让他刮目相看。

　　喔，一个不到十岁的小姑娘，居然这么能干，在爸妈都不在身边的情况下，不慌不忙地挽救了姥爷的生命。

　　作为奖励，爸爸告诉我，他打算带我出一趟远门，去一个大城市——南京。

　　这是我有生以来第一次出远门。生在铁道旁，火车经过的声音就是我的摇篮曲。每天上学都跟火车逗着玩的我，还没有坐过火车，还没有体验过火车飞驰。幸福来得太突然了。

　　在火车上，我兴奋得不得了，东瞅瞅西瞧瞧，恨不得把一切细节都刻在脑子里。经过南京长江大桥的时候，爸爸告诉我：

　　"长江，是中国的第一大河；南京长江大桥，是中国的第一大桥。有这座桥以前，北方来的火车，到了南京的浦口码头，要先上轮渡，轮渡载着火车，过了长江后，火车下轮渡，再接着往南开。"

　　所以，这座桥梁的意义是多么重大啊！全国人民都向往着能看到这座雄伟的大桥，这也成了我们伟大的社会主义建设的重要标志，我们的中小学课本里都有对它的描述，还配着插图。我居然能亲眼见到它!

"啊!"我大叫起来。

我终于走在了这座伟大的桥梁上了,可是它的地面好热啊!烫得我直叫。

正是盛夏,南京又是全国著名的"四大火炉"之一,夏天的温度高达四十多摄氏度。

我只记得整个桥梁的地面都冒着蒸汽,像是要燃烧了一样,还有我的塑料凉鞋,在那滚烫的地面上,仿佛是踩着火炉,要被熔化掉了一样。

哈哈,说实在的,我心中原先的那份期待和热情,迅速被这岩浆一般的炙热所击垮,没走几步路,我就盼望着能早点下桥去,别在这座伟大的桥上烤着了。

从大桥上下来,爸爸拿着两个小方块走过来,把一个小方块塞到了我的手里,自己小心翼翼地打开了另一个小方块,并狠狠地咬了一大口,很享受地从鼻子里发出"嗯,嗯"的声响。这是什么东西?冰凉的?我也模仿着爸爸的动作,打开方块的一个小角,并把那一个小角咬了下去。

"嗯!"

我也立刻发出了跟爸爸一样的声音!

爸爸豪爽地说:

"这叫冰砖,吃吧,管够!"

旅行快结束了,带点什么礼物回去送给姥爷呢?冰砖是不可能的,很快就化了。

我们住在雨花台附近，南京的雨花台，遍地都是雨花石。雨花石，有点儿像鹅卵石，比鹅卵石还美，圆润有花纹，大小不一。

姥爷的假山盆景里，就有很多漂亮的雨花石。最喜欢花卉盆景的姥爷，看到这些美丽的雨花石，一定会很高兴，病不是很快就会好了吗？

对了，就送给姥爷雨花石吧。

而且，满地都"长"着雨花石。只有十岁的我，并不知道雨花石是人工铺的，我以为是它自己从地里"长"出来的。能"长"出这么多漂亮石头的土地，实在是太神奇了。

我捡啊捡，捡了满满一兜子雨花石，想着把它们带回家，送给姥爷，放到他的宝贝花盆里。想着姥爷咧着没牙的嘴，开心地笑的样子，不知不觉地，眼泪竟流了下来。

这是我有生以来第一次出远门，也是第一次离开姥爷。

我想姥爷了。

我想回家了。

在一起

南京回来不久，我遇到了一个重大抉择：跟姥爷分床。

从两岁开始，我就不再跟妈妈睡在一起了，而是搬到姥爷的大床上，跟姥爷一起睡觉。

姥爷的大床是个西式的双人床，在卧室的拐角靠墙摆放着。

那是个棕床，有弹性又透气，但是不耐用。薄薄的一层棕，交错编织在一起，像一只巨大的网。有点像现在小朋友们跳的蹦蹦床，虽然它的弹性没有那么大，却不妨碍我在上面载歌载舞。

床以外所有的空间，都是想象中的观众；我，就是那个陶醉在自我世界里的疯子——一会儿是七仙女，一会儿是林黛玉……

正当我如醉如痴的时候，突然，一只脚从棕床伸了出去，我一屁股坐在床上，一瞧，棕床被我跳了个大窟窿。

姥爷请来补棕床的师傅，把被我跳漏的地方补起来。补一次棕床得花不少钱呢，可是，姥爷并不生气，也依然允许我在上面载歌载舞。跳着跳着，我长大了，棕床的补丁也越来越多。

那张床，也是我跟姥爷的天堂。

每天晚上，洗漱完毕，躺到床上，我跟姥爷就开始做我们每日一次的床上"八段锦"。

"八段锦"是一本自我保健按摩的手册，里面有一套完整的从头按摩到脚心的动作。姥爷每天早晚各做一次，每次大约半个小时。

先从按摩脸开始，眼睛、鼻子，然后叩齿、鸣天鼓、转眼球、推腹……直到两只脚对搓，搓到脚底发热，整套动作才算结束。

姥爷边做边喊着口令："转眼球。向左转，一、二、三、四。向右转，一、二、三、四。叩齿二十次……"

姥爷偶尔斜眼看看我的动作，发现不对或者偷懒，立马纠正。这样的一整套下来，不说气喘吁吁，也热血沸腾了。现在想想，姥爷能活到九十多岁，除了爱养花、交友，也跟注重自我保健有很大的关系。

做得好了，姥爷还会发我一小块糖作为鼓励，让我吃着糖甜甜地入睡，也因此我的枕巾上流满了糖水，还长了一嘴的蛀牙。

那可真是我跟姥爷的快乐时光啊！

可惜，要结束了。

一天早晨，爸爸特别早就来到姥爷家，无意中看到了熟睡中的姥爷和我。

晨光中，一老一小，一个九十多岁，一个十二岁，脸对着脸，鼻子里的气息都可以吹到对方的脸上。

这一幅相濡以沫的祖孙图，让爸爸感慨万千。除了对姥爷这么多年把我一手带大的感激，和作为父亲从未体会过这种与女儿如此亲近的遗憾，还有一种担忧，那就是，这一老一小如此近距离地呼吸，会不会影响到孩子的身体健康？

那会儿的我骨瘦如柴，除了爱挑食，会不会还因为老人吐出来的气息不是清新的，带着身体里的浊气，对儿童成长发育不利呢？而且，我已经十二岁了，这么大的女孩子也不该再跟姥爷睡在一张床上了。

思前想后，爸爸决定让我跟姥爷分开睡觉。爸爸让妈妈去说，妈妈不同意。

"我开不了这个口，爸爸一定会非常伤心的。"

"开不了口也得开，为了孩子好。"

"要说你去说，反正我不会去说的。"

爸爸硬着头皮，跟姥爷说了他的想法，最主要的，是从我的身体健康的角度来考虑。

姥爷没有说话。

过了两天，爸爸不知从哪儿弄来一张折叠床，把它摆在了客厅里。

姥爷无言地把我的被子、褥子和枕头搬到折叠床上，铺好，然后，拉着我的手，坐下来。

"小文丽，你长大了，从今天起，要自己睡觉了。"

"不，我一直都是跟你睡在一起的，不能分开。"

"我也不想跟你分开，但是，你爸爸说得对，为了你的健康。"

"我很健康，我们就不分开。"

那天晚上，我跟姥爷，一个在客厅的折叠床上哭，一个在卧室的棕床上哭，我们的中间，隔着一道墙。

"姥爷，我一个人睡不着，让我到你的床上睡吧。"

"我们开着门，说着话，你慢慢就睡着了，就跟我们在一起一样。"

就这样，我们俩哭着，说着；说着，又哭着。

慢慢地，我睡着了。

住院

有一天，我放学回来，姥爷不在家，这可是极少见的事。

傍晚，妈妈回来了，告诉我：

"姥爷住院了。"

"住院？是医院吗？"

"当然是医院了。"

"哇，能住医院，真是太棒了！"

从来都没有住过医院的我，听到这个消息的第一个反应是羡慕不已，那种感受就如同能去一个好玩的地方旅游一样。

随后，我才想起来问：

"姥爷为什么要住院呀？"

"可能还是上次丹毒引起的，加上姥爷年纪太大了。"

铁路医院的住院部在一个"很远的地方"。说很远，其实是对于我们这座小城市，对于步行五分钟就能到学校或单位的我们，要坐好几站汽车才能到达的医院就算"很远"了。

我热切地盼望着赶紧坐上公共汽车，去那个"很远的地方"，看望我最最亲爱的姥爷，去看看"住院"是怎么一回事。

妈妈说，我就是在那个医院出生的。

一路上，真是开心。

几乎没怎么坐过公共汽车的我，对于排队等车、上车、买票，以及汽车行驶在马路上的感觉，都无比新鲜和好奇。左顾右盼之间，汽车就到了铁路医院住院部。

姥爷的病房很大，八张病床分成两排，靠墙安放。姥爷坐在床上，跟病友们有说有笑地聊着天，一点都不像生病的样子。

我和姥爷几日不见，如隔三秋，亲近得不得了。姥爷把这几天别人来探望他时送的好吃的，全部拿给我，还有水果罐头呢。

住院真好！

有这么多人来看你，到了吃饭的点儿，就有饭车来送饭了。从没吃过集体伙食的我拿着饭票来到饭车前，每样东西都能让我垂涎欲滴。

从小到大，我一直吃姥爷做的饭。每天放学回家，姥爷都把饭菜做好了，进门放下书包就可以吃。直到他生病住院的前一天，姥爷还在给我们做饭。

在医院里，该我给姥爷打饭吃了，不能再让他那么辛苦。如果吃饭的时候姥爷在打吊针，我就坐在床边，一口一口地把饭喂到他嘴里。

住院真好啊！

一间病房里住着八个病人，每个病人身边都有两三个陪护或探视的亲友，加在一起就是二三十人，真是热闹。

每天早晨医生查完房，病人们开始各自输液、吃药，没什么紧要任务，于是，就打开话匣子聊起来。

以姥爷的阅历和气度，他自然成了病房的核心。不仅同病房的人喜欢跟他聊，其他病房的人也愿意来掺和，姥爷成了大家的香饽饽。

渐渐地跟大家混熟了的我，也成了大家的小把戏。如同在家里一样，姥爷让我把在巷子里给邻居们翻的跟头，搬到了病房里来。

于是，在两排病床的中间，我像个小猴子一样翻过来，又翻过去。喝彩声源源不断，我的虚弱的自尊心，在这群处在生死边境线上，最珍爱生命的人们身边，得到了最大的满足。

初潮

一转眼，姥爷住院快半年了。

医院几乎成了我的家。饭，在医院吃；作业，在医院写。

姥爷的病，不但没有因为住院而好转，反而越来越厉害了。医生也说不出姥爷到底得了什么病，只说他年纪太大，心力衰竭了。

姥爷每天只吃很少的东西，拉出来的，是咖啡色黏稠物，已经大小便失禁。于是，姥爷的床垫下面，铺着厚厚的草纸，以便随时清理。

一天傍晚，我趴在姥爷的病床上写作业，突然，感觉有一股热乎乎的东西，从我的两腿之间流了出来。

我吓了一跳，赶紧从床垫下面拿了几张草纸，就往卫生间跑。

关上门，插上插销，把裤子脱下来一看，是鲜红的血，染红了内裤。

这就是经常听妈妈说的"来例假"吗？

妈妈每次"来例假"，都会犯头疼病，要休三天病假。我摸摸自己的脑袋，怎么也不头疼呢？我也可以休三天病假不用去上学了吗？

那个年代，还没有今天的"卫生巾"。

我曾偷看过妈妈是怎样处理"来例假"的。先把卫生纸折叠起来，用发卡在卫生纸的两头穿个小洞，再把绳子绕在上面，系到身上。当时边看边想，当女人怎么这么麻烦呀。

没想到，自己竟然也有这一天。

我悄悄地回到病房，到处找发卡和绳子。找到了，又悄悄地回到卫生间，模仿着妈妈的动作，把这个自制的"卫生巾"戴在了身上。

我不知道别的女孩子在这种情况下，会怎么处理，是什么样的表现。惊慌失措？恐惧？立刻找家长？

我都没有，就这么自己悄悄处理完了，也没有告诉姥爷。

晚上回到家，我告诉了妈妈，妈妈好奇地问：

"你怎么会自己做的呢？"

"偷看你，就学会了呗。"

就这么，在姥爷住院期间，我从一个小女孩蜕变成了一个小姑娘，一个发育成熟了的姑娘。

我想，在每个女人的一生中，这都是一个非常重要的时刻。

懵懵懂懂、稀里糊涂的我，在这一天，知道了自己是个女人，知道了男女有别，男人不会来月经，不会生孩子，而女人的一生将为此付出很多；知道了有些话不能再跟姥爷说，只能跟妈妈说，那是女人的秘密。

一个生命走到了尽头，一个生命刚刚发芽。姥爷像一棵大树，为我遮风避雨。现在，我长大了，大树却渐渐地倒了下去。

姥爷走了

这一段时间，爸爸和妈妈几乎天天待在医院里，看护姥爷。

我因为期末考试，已经有一个多礼拜没有去医院了，医院这个原本熟悉的地方，仿佛也一下子变得遥远起来。

一天晚上，我独自在家写作业，妈妈的两个朋友突然造访。

两位阿姨说，想去医院看望姥爷，又不知道路该怎么走，我便自告奋勇地给她们领路，我也想去看看姥爷了。

终于可以见到姥爷啦！我真是太想他了。

我兴奋地带着两位阿姨，乘坐公共汽车，辗转了将近一个小时，来到了我熟悉的医院。

走进大门，上楼梯，左转，右转，再左转，到了姥爷的病房门口。

我边走边给两位阿姨做着介绍，这是儿科，那是外科，这是内科，好像是到了家一样的熟悉。

我笑嘻嘻地推开姥爷病房的门，转过头告诉她们：

"到了。"

等我再转回头来看姥爷的时候，我惊呆了。

姥爷被绑在床上，鼻子上插着氧气管，嘴巴张得很大，里面涂满了紫药水，一双昏黄的眼睛，无神无光地盯着天花板。

才一个礼拜不见，怎么会变成这样？

我不敢相信眼前这个恐怖的人是我最亲爱的姥爷。

你们为什么要绑着我的姥爷？你们想要干什么？

我冲到姥爷床前，想要帮他把绳子解开。爸爸和妈妈拉住我，把我拽到旁边，告诉我：

"姥爷太难受了，不想活下去了，不把他绑起来，他就把氧气管、输液管全都拔掉。"

天哪，生命到了最后，为什么要这么痛苦？这么艰难？

我不知道爸爸妈妈做得对不对，但那一定不是姥爷的意愿。姥爷希望有尊严地离开，而我的父母，舍不得姥爷离开。

我的姥爷：出门之前，要把帽子刷得干干净净，要把发白的鞋子用墨汁涂上黑色；每做好一道菜，都要把碟子的边擦干净；一院子的花草盆景，都被他收拾得整洁美丽。

我的姥爷：虽然只是一名火车司机，却饿死也不给侵华的日本鬼子开车；经历了丧子之痛，想随着儿子而去，却活到了九十多岁，早已把生死看破，唯一留恋的是妈妈和我。

如此的一位老人，怎么会允许自己大小便失禁在床？怎么会允许因为口腔溃烂而被涂上满嘴的紫药水，看起来恐怖又丑陋？他想挣脱，也想解脱，却不能被亲人允许。姥爷，只能睁着已经无神无光的眼睛，望向上空。

　　我默默地走到姥爷身边，看着姥爷，说不出一句话来，任由泪水不住地流淌。我哽咽着跟姥爷说：

　　"姥爷，我来了，您最心爱的小外孙女来了，来看您来了，姥爷，我是小文丽，您看看我吧，快看看我吧。"

　　姥爷的眼睛还是那样，盯着天花板，一动不动。

　　我望着这位一手把我养大的老人，我们朝夕相处了十三年的老人。

　　每天的三餐，姥爷做好香喷喷的饭菜等着我。冬天的早上，姥爷用烤热的棉裤棉袄迎接我。夏天的夜里，姥爷不停地给我扇扇子。犯错的时候，姥爷也会用戒尺教训我。可是，突然之间，姥爷变成了一个陌生的老人，一个只能靠氧气瓶来维持生命的无知无觉的老人，这还是我的姥爷吗？

　　我望着我心爱的姥爷，我哭着我心爱的姥爷，时间一分一秒地过去，我如同进入到一个真空里，四周万籁俱寂，只有氧气机的声音，和我心跳的声音。

　　突然，我听到有人在说：

　　"别把眼泪滴到姥爷的身上，那样姥爷就去不了天堂了。"

　　天堂？哪里是天堂？我第一次听到这样一个名词，多么好听，我想，那一定是个好地方。姥爷是要准备去天堂吗？他会像以往一样带着我一起去吗？

我赶紧把头转开，不让眼泪滴到姥爷身上。

不管去哪儿，只要能离开这里就好，只要让姥爷别再被绑着，别再受罪就好。就这样，我望着姥爷，姥爷望着上空。

两位阿姨要回去了，妈妈让我跟着一起回去。阿姨们走到姥爷的床前，跟姥爷说了两句道别的话，转身去和爸爸妈妈道别。

我不想走，但是阿姨们在等着我，明天还要上学。妈妈说，明天再来看姥爷。我不舍地走到姥爷的床边，握着姥爷那垂在床边毫无知觉的手，望着姥爷那浑浊空洞的眼睛，忍着眼泪，不让它掉在姥爷的身上。就这样，我们相对无语。

姥爷知道我是小文丽吗？姥爷知道我来看他了吗？

妈妈已经催了我好几次，我俯身靠近姥爷的脸，喃喃地说：

"姥爷，我走了，我明天再来看你。"

姥爷的眼睛还是那样无神地望着上空，没有任何反应。

当我要把手从姥爷的手上移开的时候，突然，我的手被握住了。

我低下头，看到姥爷那宽大的，因为输液被扎得到处都是瘀青的手，把我的手紧紧地握在他的手里。

姥爷是知道的，他知道我是谁，他知道我来了，他知道他最心爱的小外孙女看他来了。

我抬起头，去看姥爷的眼睛，希望能像从前一样彼此相望，但是那双眼睛依然没有看我，依然浑浊无神地盯着上空。可是，我看见姥爷的眼角，有一滴晶莹的泪珠，慢慢地，慢慢地滑了下来。

这是我跟姥爷的最后一面。

我离开医院的几个小时以后，姥爷的心脏停止了跳动。

我们天上见

姥爷的临终遗言是：不能火葬。

为了给姥爷弄一口像样的棺材，毫无积蓄的妈妈，只能卖掉姥爷的盆景，来付棺材钱。

那是一九七九年，已经不允许土葬了，一切必须秘密进行。

爸爸在郊区的山上，给姥爷找到了土葬的地方。城里已经没有人做棺材生意了，只好托人到乡下，找到了会做棺材的师傅。

有一点我一直想不明白，姥爷已经住院半年了，而且也九十三岁了，为什么爸爸妈妈不早一点为姥爷准备好棺材和墓地呢？为什么到了最后时刻才开始找呢？

我想是妈妈不想让姥爷走吧。

出殡那天，下着小雨。

一大早，天蒙蒙亮，爸爸跟着从单位借的卡车去了乡下，要把刚刚做好的棺材拉回来。妈妈借了辆带斗的平板车，在姥爷的几位生前好友帮助下，悄悄地，把姥爷的遗体从医院太平间里运出来，板车上盖着雨布。

妈妈和这几位叔叔，冒着雨，把平板车拉到了我们住的铁路宿舍大院门口。

我和姐姐们跑出来迎接，妈妈告诫我们不许声张，万一让居委会知道，姥爷就不能土葬了。

几位跟姥爷在一起住了几十年的老邻居，被妈妈请过来，打开雨布的一角，让他们悄悄地看一眼姥爷，就算告别了。

我被姥爷去世这件事吓着了，这是我平生第一次面对死亡。我也被妈妈吓着了，视姥爷的生命如同自己生命一般的妈妈，经过这半年的煎熬，经过姥爷离世的打击，人已经脱了形。

我不敢随大家一起去瞻仰姥爷的遗容，我不敢相信，那个平板车里躺着的，就是我的姥爷。

虚弱无比的妈妈，在老邻居们的面前崩溃了。几乎站不住的她被我的两个姐姐搀扶着，大家哭成一片。多亏那几位帮着推车的叔叔，及时制止了这个眼看就要失控的局面，让邻居们赶快回家，以免引起注意。然后，他们带着我们姐妹三个和妈妈，拉上装姥爷的板车，上路了。

我们有的打着雨伞，有的穿着雨衣，护卫在姥爷的灵柩两侧，手按着雨布，怕雨布被风刮起来，雨水淋到姥爷身上。

我们肃穆地走着，无言地走着。

从早晨走到了下午，从城市走到了农村。

我从没走过这么远的路，但却一点都不觉得累。渐渐地，我忘了自己的使命，忘了这是在给姥爷送葬的途中。我不断地被周围的景物所吸引，东瞧瞧西看看，一会儿走，一会儿跑，一会儿严肃，一会儿又忘了严肃。

我想，这就是小孩子吧，不会像大人一样，持续地沉浸在一种情绪里，总是容易被周围的事物吸引，而忘了自己的角色。

赶到山脚下的时候，已是下午三四点钟了。

姥爷的棺材还没有运到，我们把板车拉到了一个平坦的打谷场上，靠着麦垛避雨，休息，等待。

淋过雨水的麦垛，圆圆滚滚，像一个个大馒头。我爬上麦垛，站在"馒头"上眺望，看爸爸来了没有。不一会儿，我就开始又蹦又跳，像在姥爷的棕床上一样。跳完了，又顺着圆圆滚滚的麦垛滑下来，像坐滑梯一般。

妈妈和大人们在另外一个麦垛那边说话，没有注意我，我悄悄地从背着他们的一面滑下去，又爬上来，再滑下去。我让姐姐也跟着我一起滑，我们越滑越起劲儿，胆子也越来越大，速度也越来越快。

突然，我碰到了拉着姥爷的板车。

为了让板车能够平放，叔叔们把车把插在了麦垛里，我滑偏了一点，正好就碰到了那个车把。

板车震颤了一下，我和姐姐们都吓了一跳，赶紧跑过去，看看姥爷是否安然无恙？

我们轻轻地揭开了盖着姥爷的塑料布的一角，这是自姥爷去世以后，我第一次看到他。

姥爷安详地闭着双眼，面色红润，脸上挂着微笑。

这完全不是我最后一次在医院里见到的那个插着氧气管，满嘴涂着紫药水的姥爷，那个被绑在床上，眼神空洞的姥爷。

这也不像是一个已经死去的人。那红润的面颊不是化妆化出来的，那个年代还没有这项服务，并且，姥爷是从医院的太平间直接拉到这儿来的。

那为什么他是这样的慈祥可亲，一副天使般的面容？他的面颊白里透红，完全没有让人感到一点点对死去的人的恐惧。是我记错了吗？这是我主观的愿望吗？我曾经很多次跟我的两个姐姐回忆那天的姥爷，两个姐姐也很清晰地记得那像婴儿一样粉粉的微笑着的脸。

我觉得姥爷没有死，他还活着。

我甚至想去亲亲他的脸，他的脸一定是热的，不然面颊怎么会绯红。

我慢慢俯下身，我的脸越来越靠近姥爷的脸，我的鼻尖已经快要碰着姥爷的鼻尖了，姥爷也像是知道我的心思一样，微笑着迎接我。

"别碰姥爷。"

姐姐把我呵斥住了。

我停在了那儿，就像小时候跟姥爷脸对着脸睡在一起一样。那会儿，我常常夜里醒来，怕睡在我身边的姥爷死了，就把手指头放到他的鼻尖下，感受他的呼吸。如果吹到手指的气息均匀、平稳，我就会安然入睡。

此刻，我不需要用手指去试探，看着姥爷那鲜花盛开一般的面庞，我已经感受到姥爷那均匀平稳的呼吸。我们互相望着，那一秒似乎是一万年，我跟姥爷穿过时间的荒漠，回到了我的儿时，回到了小院，回到了我们脸对着脸睡觉的大床。

我的心里很欢畅，姥爷并没有死去，我从心里觉得，姥爷还活着。

姐姐把我拉到一边，轻轻地，把揭开一角的塑料布又盖了回去。

雨还在下，姥爷的棺材还没有运到，天渐渐地就要黑了。

大家都很着急，爸爸的一个同事跑回来给大家报信说：

"因为下雨路滑，拉棺材的汽车在回来的路上撞人了，送到医院，伤势不是很重，但是，人家纠缠着不让走，要求赔很多钱。"

这下该怎么办？

妈妈那本来就再也经不住任何打击的神经，几乎要崩溃了。

钱，哪来的钱？买棺材、找墓地已经用掉了所有的钱，哪里再去找钱？解决不了纠纷，我们就要在这露天的雨地里一直等下去吗？那姥爷怎么办？

所有的人都去劝妈妈，安慰妈妈。

我孤零零地站在姥爷的板车前，看着越来越黑的天，觉得自己应该为姥爷做点什么。我走到一个叔叔面前，神情肃穆地说：

"许叔叔，你骑上自行车，带我去迎一迎他们吧。"

许叔叔看着我，点了点头，推上自行车，带着我，就往淮河水坝方向骑去。

淮河水坝，是拉棺材的汽车开过来时的必经之路，也是这一带的最高点。

我们顶着风，冒着雨，骑到了水坝上。

一趟趟卡车，带着溅起的水花，从我们的眼前呼啸而过。

我仰着头，看每一辆开过的车，看车上有没有爸爸，看车上有没有棺材。

可是，一直等到天完全黑了下来，也没有等到爸爸，也没有等到拉棺材的卡车。

什么都看不见了，四周黑茫茫的一片，我们这才往回骑。

摸着黑，回到打谷场，打谷场上已经没有人了。

人呢？姥爷的板车呢？他们都去哪儿了？

我们傻眼了，黑压压的打谷场上，只有我和许叔叔。

难道他们都走了吗？纠纷没有解决，棺材没有运到，所以他们去什么地方避雨了？他们能去哪儿呢？

雨已经不下了，远远地，我好像听到有人说话的声音，深更半夜的大山里，那一定是爸爸妈妈和叔叔们。

我们朝有声音的地方摸了过去。

说话的声音越来越大，伴随着铁锹、铁锨挖土的动静，我们断定那应该就是姥爷的墓地了。

在伸手不见五指的黑夜里，我们精疲力竭地爬到山上，在微弱的篝火下，我看到姥爷那还没有来得及上漆的棺材，已被安置在墓穴中，爸爸和叔叔们正在用铁锹往棺材上填土。

我其实只看到了一眼棺材盖子，棺材就被土全部盖上了。

我张着嘴，站在那儿喘息。

没有人注意到我，没有人知道我走了，也没有人知道我回来了。

我站在那儿，看着坑里的土越埋越多，越埋越高。

突然，有个声音在我心里说："文丽，你的童年结束了。"

我真真实实地听到了这个声音，它是从我的心里发出来的，是我的心声。

姥爷安葬以后，我得了心肌炎，妈妈说我是因为过度悲伤。

我不好意思反对妈妈的说法，但是，心里真的感到很羞愧，因为我并没有像妈妈说的那样，过度悲伤。

不是因为我对姥爷的感情不够深，是我并没有觉得姥爷已经离开了我。

有一天，爸爸问我：

"你跟许叔叔那天去哪儿了？"

"我们去水坝上迎你们，没有迎到。"

"怪不得，我路过水坝的时候，看到路边站着个穿雨衣的小女孩。我当时还纳闷，农村怎么还有这么清秀的小姑娘？"

爸爸没有认出我，我也没有认出爸爸，我们在风雨中失之交臂。我没有看见姥爷下葬的一幕，我跟姥爷入土的瞬间也失之交臂了。

我最后看到的姥爷，就是板车中那安详微笑着的姥爷。

难道这一切都是姥爷安排的？

是姥爷不想让我看到他下葬，特意让我离开的？

长大了，我才懂得，是姥爷不想让我悲伤，他去了天上。

姥爷去了天上，他去了天堂，像个天使一样。

后记

姥爷离开我四十年了。

每当我遇到危险的事情，而最终化险为夷的时候，我都会向着天空看一看。

我知道姥爷在天上，在保护着我。

印象深刻的是，有一次我从两层楼高的悬崖顶，仰面摔了下去，中间被一根树枝挡了一下，空中转体了一周。接近地面的时候，仿佛有一只手接了我一把，我侧着身子像羽毛一样轻轻地落在了地上，毫发无伤。

我相信人是有灵魂的，而灵魂是不死的。

二〇〇四年的春天，在经历了"非典"，经历了漫长的一年里每天都在片场工作的生活后，有一天，我的眼前出现了无数儿时的画面。

而那一刻，我问自己："如果明天我死了，我会有什么遗憾吗？"

第一个跳进脑子里的念头是："我还没有为姥爷做些事情。"

曾无数次想要写一篇散文，或者一本小说，来描述我跟姥爷在一起的生活，写写我心中的姥爷和姥爷对我的爱。又总觉得自己没这个能力，别糟蹋了这份情感。但是，那天，我想拿起摄影机，把眼前出现的这些画面拍摄下来。

这不仅仅是我对姥爷的夙愿，也是我自己回归童年、找寻精神家园的机会。

那会儿的我迷失了，觉得自己像热锅上的蚂蚁一样，不停地工作，不停地旋转，却不知道有什么意义。生活难道就应该是这样的吗？

我的童年，姥爷养花养鱼，用雨水洗菜淘米，吃的都是现在被称为"有机食品"的食物，晚上数天上的星星。虽然清贫，精神上却很富足。李白、杜甫、白居易这些大诗人的诗集和雕像，就放在姥爷的窗台和写字桌上。

"非淡泊无以明志，非宁静无以致远"，那样的生活，仿佛已经很远很远了。

我用五年的时间完成了电影《我们天上见》。

拍摄时，我跟摄影师描述我想要的一个镜头：移动摄影机，从大院门口跟着一路蹦跳的小兰，穿过曲曲折折的巷子，经过一片残旧的老房子，最后停在一扇红色的小门前。随着小兰伸手推开院门，一个美丽的天堂一般的花园出现在镜头里。

有一天，我大学的老师跟我说："你的姥爷一直在帮你。"

我说："为什么？"

他说："你考电影学院的时候，你讲述的跟姥爷的最后一面就打动了所有的考官。今天，你又用跟姥爷的感情打动了观众，姥爷不是一直在天上帮你吗？"

有一位观众问我："你觉得姥爷给你的最宝贵的东西是什么？"

我说："是爱。"

姥爷用他的爱，给了我幸福的童年。

如今，我也想把这份爱传递出去。

爱是我们活在这个世上唯一的理由。

（全文完）

姥爷，我们天上见

产品经理：刘树东　　封面设计：董歆昱
内文设计：吴偲靓　　技术编辑：白咏明
营销经理：李　洋　　责任印制：梁拥军
监　　制：何　娜　　出 品 人：路金波

图书在版编目（CIP）数据

姥爷，我们天上见 / 蒋雯丽著 . -- 天津 : 天津人
民出版社, 2021.1
ISBN 978-7-201-16656-8

Ⅰ . ①姥… Ⅱ . ①蒋… Ⅲ . ①随笔－作品集－中国－
当代 Ⅳ . ① I267.1

中国版本图书馆 CIP 数据核字（2020）第 221660 号

姥爷，我们天上见
LAOYE，WOMEN TIANSHANG JIAN

出　　版	天津人民出版社
出 版 人	刘　庆
地　　址	天津市和平区西康路 35 号康岳大厦
邮政编码	300051
邮购电话	022-23332469
电子信箱	reader@tjrmcbs.com

责任编辑	张　璐
产品经理	刘树东
装帧设计	吴偲靓

制版印刷	河北鹏润印刷有限公司
经　　销	新华书店
发　　行	果麦文化传媒股份有限公司
开　　本	880 毫米 ×1230 毫米　　1/32
印　　张	6.5
印　　数	1-22,000
插　　页	4
字　　数	134 千字
版次印次	2021 年 1 月第 1 版　2021 年 1 月第 1 次印刷
定　　价	45.00 元